Schicksals-Märchen
zum Erzählen und Vorlesen

Herausgegeben von
Barbara Stamer

Mit Scherenschnitten von
Hedwig Goller

KÖNIGSFURT

Ungekürzte Sonderausgabe des Titels »Glückes Glück. Märchen von Liebe und Schicksal« von Barbara Stamer, 2004

Bibliographische Information der Deutschen Nationalbibliothek

Die Deutsche Nationalbibliothek verzeichnet diese Publikation in der Deutschen Nationalbibliographie; detaillierte bibliographische Daten sind im Internet über http://dnb.d-nb.de abrufbar.

Sonderausgabe
Krummwisch bei Kiel 2006

D-24796 Krummwisch
www.koenigsfurt.com

Umschlaggestaltung: Stefan Hose, Götheby-Holm,
unter Verwendung eines Motivs von Lo Scarabeo, Turin
Satz: Noch & Noch, Balve
Druck und Bindung CPI-Moravia Books
Printed in EU

ISBN-13: 978-3-89875-181-0
ISBN-10: 3-89875-181-3

Inhalt

Vorwort

Was Märchen über das Schicksal und das Glück erzählen …

Jeder Mensch sehnt sich nach Glück. Die Hoffnung, das eigene Glück zu finden, ist eines unserer höchsten Lebensziele. Was aber ist »*Glück*«? Was braucht der Mensch zum Glücklichsein?

Seit Jahrhunderten befassen sich Dichter und Philosophen mit dem Phänomen »*Glück*«: Kann der Mensch sein Schicksal selbst bestimmen oder ist er höheren Mächten ausgeliefert? Wie kann er sein Glück beeinflussen? Ist Glück von äußeren Umständen und von materiellem Besitz abhängig?

Es ist hochinteressant, daß seit kurzem auch Hirnforscher und Molekularbiologen wissenschaftlich den Ursprung der Glücksgefühle im Gehirn und die dadurch entstehenden Veränderungen der Gehirnzellen untersuchen. Dazu schreibt der bekannte Bestsellerautor Stefan Klein in seinem Buch »Die Glücksformel«: In unseren Köpfen sind eigene Schaltungen für Freude, Lust und Euphorie eingerichtet – wir haben ein Glückssystem … Mit den richtigen Übungen kann man seine Glücksfähigkeit steigern … Erstaunlicherweise bestätigen viele neue Einsichten der Hirnforschung uralte Weisheiten.«

Diese uralten »Weisheiten« finden wir zum Beispiel in der Glücksphilosophie der Antike, aber auch in dem Märchenschatz der Völker der Welt. Schon Aristoteles betonte, daß das Glück Ergebnis eines Prozesses sei und dem Menschen nicht ohne eigenes Zutun zufalle. Er definiert: »Glück ist die Folge einer Tätigkeit.«

Viele Menschen verstehen unter *»Glück«* das Nichtvorhandensein von Unglück. Auf der Suche nach Lust, Freude und Erfüllung unserer Lebenswünsche bemühen wir uns eifrig, die dunklen Seiten des Lebens – Mühe, Not, Schmerz und Krankheit – zu meiden, in der Hoffnung, so unser Glück finden zu können. Allzu häufig holt uns das Unglück ein, und das Glück, wenn wir es denn verspürt haben, zerrinnt uns zwischen den Händen.

Märchen haben ihre eigene Weisheit, sie zeigen uns Wege zum Glück: Unsere europäischen Zaubermärchen sind »Glücksmärchen«, die Erzählungen sind vom »Glück her definiert« (Hermann Bausinger). Die eigentliche Handlung aller Zaubermärchen besteht darin, daß Notsituationen, Entbehrungen, Gefahren und Niederlagen durchlebt und bestanden werden müssen, um letztlich das Glück zu erlangen. Der Weg des Märchenhelden – seine »Suchwanderung« nach dem Glück – ist mühevoll und verschlungen, niemals eindeutig und gerade, »zurück« kann auch »vorwärts« bedeuten. Die Wende vom Unglück zum Glück vollzieht sich nur durch die aktive Beteiligung des Helden, die Glücksgüter fallen ihm keineswegs automatisch zu. Erst nachdem die schwierigsten Bewährungsproben durchlaufen sind, geschieht eine erlösende Verwandlung durch die glückhafte Begegnung mit den Gestalten der phantastischen Anderswelt, zum Beispiel der guten Fee oder den hilfreichen Tieren. Der Märchenheld findet sein Glück.

Das Glück kommt »nicht dorthin, wo man die Hände in den Schoß legt, und ebenso erlangt man die Hilfe der mythischen Welt nur nach Mühe, Bewährung und eigenem Zugreifen«, wie der bekannte Märchenforscher Kurt Ranke bemerkt.

Das Unglück im Märchen ist nur dann unabwendbar, wenn die Märchenhelden unfähig sind, mit dem ihnen gewährten Glück richtig umzugehen. Die Voraussetzungen zum Erlangen des Glücks sind meist Klugheit und Verschmitzheit des Helden.

Das Märchen lehrt auch, daß die innere Einstellung darüber entscheidet, ob materieller Besitz Lust oder Last ist und ob ein Verlust unbedingt ein Unglück sein muß. Das Märchen erzählt häufig davon, daß das innere Glück einen höheren, absolut unveräußerlichen Wert darstellt.

Märchen waren ursprünglich keine »Kindergeschichten«, sondern gehören zu den traditionsreichsten Erzählformen der Menschen aller Völker. Märchen übermitteln in einer Symbolsprache Lebenserfahrungen und Weisheiten vieler Generationen, die sich in archetypischen Bildern und Symbolen verdichtet haben. Erich Fromm weist auf die Wichtigkeit und Kostbarkeit dieser Symbolsprache hin, die ihre Entsprechung in den Symbolen der Träume findet: »Die Symbolsprache ist eine Sprache, in der innere Erfahrungen, Gefühle und Gedanken so ausgedrückt werden, als ob es sich um sinnliche Wahrnehmungen handelte. Es ist eine Sprache, die eine andere Logik hat als unsere Alltagssprache, die wir tagsüber sprechen, eine Logik, in der nicht Raum und Zeit die dominierenden Kategorien sind, sondern Intensität und Assoziation. Es ist die einzige universale Sprache, welche die Menschheit je entwickelt hat.«

Im Märchen begegnen wir nicht realen Personen und Geschehnissen, sondern die Helden des Märchens durchleben die elementarsten Konflikte und Grundsituationen des Lebens. Aus tiefenpsychologischer Sicht sind die Bilder und Gestalten des Märchens keine äußeren Erscheinungen, sondern »Ausdruck von innerpsychischen Gegebenheiten« (Emma Jung). So werden aus einfachen »Kindergeschichten« Spiegelungen komplexer seelischer Vorgänge. Märchengestalten und -symbole können so auch als Teilaspekte der menschlichen Psyche aufgefaßt werden: Die bösen und bedrohenden Figuren stellen die Negativseiten, die guten und helfenden die positiven Kräfte des eigenen Ichs dar. Die Fahrt des Helden in die »Jenseitswelt«, der verschlungene Märchenweg, das Bestehen der einzelnen Abenteuer und Prüfungen wird zur »Suchwanderung« nach der eigenen Identität. Die glückliche Lösung der Konflikte, die nur durch einen tiefgreifenden Wandlungs- und Reifungsprozeß ausgelöst wird, kann ein Symbol für eine geglückte Individuation darstellen: »Ein solches Modellbild sind auch die Märchenhelden und -heldinnen. Sie dienen als Vorbild, um dem Menschen zu helfen, gewisse immer wiederkehrende innere Notlagen zu bewältigen« (Marie-Louise von Franz).

Märchen bieten keine heile Welt an. Sie sind realistisch und weise. Sie verschweigen nicht, daß der Weg zum Glück mühevoll und zunächst oft ohne Aussicht auf Erfolg zu sein scheint. Sie ermutigen uns, nach neuen, ungeahnten Lebensimpulsen und -möglichkeiten zu suchen und den unerschlossenen Bereichen der eigenen geistigen Kräfte zu vertrauen, so wie der Märchenheld den Helfern aus der »Anderswelt« vertraut.

Sehen wir im Märchen die symbolischen Darstellungen von allgemeinmenschlichen Problemen, so zeigen die Märchen auch immer, welcher Entwicklungsweg aus dem Problem heraus und in eine neue Lebenssituation hineinführt.

Lassen wir uns auf eine solche Märchenreise ein, gehen wir mit dem Märchenhelden und der Märchenheldin auf den verschlungenen Märchenpfaden, begleiten wir sie auf dem Weg zum Glück.

Barbara Stamer

Drei Schicksalsfrauen

In vielen Kulturen fließt die Verehrung der Schicksalsfrauen in dem Bild der »Großen Göttin« oder der »Großen Mutter«, der Herrin der Zeit und des Schicksals, der Herrin des Sternenhimmels und der Erdentiefe zsammen, es taucht in den Volkssmärchen und Mythen der Völker auf, aber auch in vielen Bildnissen der Kunst. Dem Weiblichen zugeordnet sind die Bilder des Lebensfadens, der Spindel und des Webstuhls. Die großen Weltenmütter waren Spinnerinnen oder Weberinnen des Schicksals, seien dies die Göttinnen Eileithyia (griechisch), Neith, Netet oder Isis (ägyptisch) oder Urd (germanisch). Auch die Märchenfigur Frau Holle, die Holda-Perchta, trägt deutliche Züge dieser Muttergöttinnen.

Die große Göttin – Herrin von Zeit und Schicksal

Der verwunschene Prinz

Es war einmal ein König, sagt man, dem kein Sohn geboren war. Da erbat sich Seine Majestät bei den Göttern seines Gebiets einen Jungen, und sie befahlen, daß ihm einer geboren würde. Er schlief mit seiner Frau in derselben Nacht, und siehe, sie wurde schwanger. Als sie ihre Monate der Geburtserwartung vollendet hatte, wurde ihr ein Sohn geboren.

Da kamen die Hathoren (Schicksalsgöttinnen), um ihm sein Schicksal zu bestimmen. Sie sagten: »Er stirbt durch das Krokodil oder durch die Schlange oder durch den Hund.« Das hörten die Leute, die bei dem Kinde waren, und erzählten es Seiner Majestät. Da wurde das Herz Seiner Majestät überaus traurig. Und Seine Majestät ließ ihm in der Wüste ein Haus aus Stein bauen, das mit Leuten und lauter schönen Sachen des Palastes ausgestattet war, so daß das Kind niemals hinausgehen (mußte).

Als der Knabe groß geworden war, stieg er einmal auf des Hauses Dach und erblickte einen Jagdhund, wie er einem erwachsenen Manne folgte, der auf dem Wege vorbeiging. Er sagte zu seinem Diener, der bei ihm stand: »Was ist das, was hinter dem Manne hergeht, der auf dem Wege daherkommt?« Er antwortete ihm: »Das ist ein Jagdhund.« Da sagte der Knabe zu ihm: »Man bringe mir auch einen solchen.« Da ging der Diener und berichtete es Seiner Majestät, und Seine Majestät sprach: »Man bringe ihm einen kleinen Zappler, damit sein Herz nicht rebellisch werde«, aber man brachte ihm den Jagdhund.

Und viele Tage danach war der Knabe von Kopf bis Fuß erwachsen und wandte sich folgendermaßen an seinen Vater:

»Was soll dabei herauskommen, daß ich so herumsitze? Sieh, ich bin nun einmal den drei Schicksalen befohlen. Drum laß mich frei, damit ich nach meiner Neigung handle, bis der Gott tut, was er im Sinne hat.«

Da schirrte man ihm einen Wagen an, mit jeder Art von Waffen ausgerüstet, und gab ihm einen Diener als Gefolgsmann. Man setzte ihn auf die Ostseite über und sagte zu ihm:

»Zieh nun aus nach deinem Belieben!« Sein Hund war bei ihm.

Er zog, seiner Lust folgend, nordwärts durch die Wüste und lebte vom besten allen Wildes der Wüste. So gelangte er zum Fürsten von Naharina (am oberen Euphrat).

Dem Fürsten von Naharina war aber kein Kind geboren außer einer Tochter. Für sie war ein Haus gebaut worden, dessen Fenster siebzig Ellen (über 35 m) überm Boden lag.

Er ließ alle Söhne aller Fürsten des Landes Syrien holen und sprach zu ihnen: »Derjenige, welcher das Fenster meiner Tochter erreicht, der bekommt sie zur Frau.«

Als sie nun aber viele Tage danach bei ihrer täglichen Beschäftigung waren, da kam der Jüngling an ihnen vorbei. Sie nahmen den Jüngling in ihr Haus, badeten ihn, fütterten sein Gespann und taten für den Jüngling alles. Sie salbten ihn, sie verbanden seine Füße, und sie gaben seinem Gefolgsmann zu essen, und sie sagten gesprächsweise zu ihm: »Woher kommst du, schöner Jüngling?« Er antwortete ihnen:

»Ich bin der Sohn eines Offiziers aus Ägyptenland. Meine Mutter starb, und mein Vater nahm sich eine andere Frau. Diese begann mich zu hassen, und so bin ich vor ihr geflohen.« Da umarmten sie ihn und küßten ihn von Kopf bis Fuß.

Aber viele Tage danach sagte er zu den Jünglingen: »Was macht ihr eigentlich da, schöne Jünglinge?« Sie antworteten ihm: »Es geht schon drei volle Monate lang, daß wir hier die Zeit verbringen hochzuspringen. Denn derjenige, welcher das Fenster der Tochter des Fürsten von Naharina erreicht, dem wird er sie zur Frau geben.« Da sagte er zu ihnen:

»Ach, wären doch meine Füße nicht krank, so würde ich gehen, um mit euch hinaufzuspringen.« Dann gingen sie hochspringen, wie es ihre tägliche Beschäftigung war, indes der Jüngling abseits stand und zusah. Dabei ruhte das Auge der Tochter des Fürsten von Naharina auf ihm.

Und viele Tage danach kam der Jüngling, um auch mit den Söhnen der Fürsten zu springen. Er sprang – und erreichte das Fenster der Tochter des Fürsten von Naharina. Sie küßte ihn und umarmte ihn von Kopf bis Fuß. Man ging, um das Herz ihres Vaters mit der Nachricht zu erfreuen, und sagte zu ihm: »Einer der Leute hat das Fenster deiner Tochter erreicht.« Der Fürst erkundigte sich nach ihm mit den Worten: »Von welchem der Fürsten ist es der Sohn?« Man antwortete ihm: »Der Sohn eines Offiziers, der auf der Flucht vor seiner Stiefmutter aus Ägyptenland gekommen ist.« Da wurde der Fürst von Naharina überaus wütend und sprach: »Soll ich meine Tochter etwa dem Flüchtling aus Ägypten geben? Er soll (schleunigst) heimkehren!« Man kam, um ihm zu sagen: »Du sollst wieder dorthin gehen, wo du hergekommen bist.«

Aber die Tochter hielt ihn fest und schwor bei Gott: »Bei Re-Harachte! Reißt man ihn von mir los, so werde ich nicht mehr essen, werde ich nicht mehr trinken, und werde ich augenblicks sterben!« Der Bote ging und meldete ihrem Vater alles, was sie gesagt hatte.

Ihr Vater schickte Leute aus, um ihn (den Jüngling) auf der Stelle zu töten. Aber die Tochter sagte zu ihnen: »Bei Re! Falls man ihn tötet, so bin auch ich tot, ehe die Sonne untergeht. Ich überlebe ihn um keine Stunde.« Man ging, um es ihrem Vater zu sagen.

Ihr Vater ließ den Jüngling und seine Tochter vor sich holen. Der Jüngling trat vor ihn, und seine Ausstrahlung durchdrang den Fürsten. Da umarmte er ihn und küßte ihn von Kopf bis Fuß, dann sprach er zu ihm: »Sage mir, wie es um dich steht. Denn sieh, du bist jetzt für mich ein Sohn.« Er antwortete ihm: »Ich bin der Sohn eines Offiziers aus

Ägyptenland. Meine Mutter starb, und mein Vater nahm sich eine andere Frau. Sie begann mich zu hassen, und so bin ich vor ihr geflohen.« Da gab er ihm seine Tochter zur Frau, gab ihm ein Haus und Äcker, wie auch Herden und lauter schöne Sachen.

Und viele Tage danach sagte der Jüngling zu seiner Frau:

»Ich bin drei Schicksalen überantwortet, dem Krokodil, der Schlange und dem Hund.« Sie sagte darauf zu ihm: »Dann laß den Hund töten, der dir folgt.« Er aber sagte zu ihr: »Wie töricht! Ich lasse doch meinen Hund nicht töten, den ich selbst aufgezogen habe, als er klein war.« So begann sie, ihren Gatten sorgfältig zu behüten, und ließ ihn niemals allein ausgehen.

An demselben Tage aber, da der Knabe aus Ägyptenland gezogen war, um auf die Wanderschaft zu gehen, war ihm das Krokodil seines Schicksals auf dem Fuße gefolgt und lebte nun ihm gegenüber (im See) in derselben Stadt, in der der junge Mann mit seiner Frau wohnte. In dem See lebte aber auch ein Geist, und dieser Geist ließ das Krokodil nicht heraus, wie umgekehrt das Krokodil den Geist nicht ausgehen ließ. Sobald die Sonne aufging, stellten sie sich gegeneinander, und die beiden Wesen kämpften so täglich miteinander, drei volle Monde hindurch.

Und viele Tage danach feierte der Jüngling einmal einen schönen Tag in seinem Hause. Bei Einbruch der Nacht legte sich der Jüngling auf sein Bett, und der Schlaf bemächtigte sich seiner. Seine Frau füllte eine Schale mit Wein und eine andere Schale mit Bier. Da kam eine Schlange aus ihrem Loch, um den jungen Mann zu beißen. Seine Frau aber saß neben ihm und schlief nicht. Die Schalen lockten die Schlange an, sie trank und wurde berauscht. Dann legte sie sich auf den Rücken, und seine Frau hackte sie mit ihrem Beil in Stücke. Dann weckte sie ihren Gatten, küßte ihn und umarmte ihn und sagte zu ihm: »Sieh, dein Gott hat eines deiner Schicksale in deine Hand gelegt. Ebenso wird er dir auch die beiden anderen anheimgeben.« Da opferte er Re, pries ihn und kündete täglich seine Macht.

Und viele Tage danach ging der junge Mann aus und erging sich lustwandelnd in seinem Anwesen. Seine (Frau) indes ging nicht (mit ihm), aber sein Hund lief hinter ihm her. Da nahm sein Hund Stimme an und sprach: »Ich bin dein Schicksal!« Er lief vor ihm davon, erreichte den See und sprang ins Wasser auf der Flucht vor dem Hund. Da faßte ihn das Krokodil und zog ihn dorthin, wo der Geist wohnte, der gerade ausgegangen war. Das Krokodil sagte zu dem jungen Mann: »Ich bin dein Schicksal, das dir gefolgt ist. Bis jetzt habe ich drei volle Monde hindurch mir dem Geist gekämpft. Sieh, ich werde von dir ablassen. Aber dafür sollst du, wenn mein Feind wiederkommt, um zu kämpfen, mir helfen, den Geist zu töten. Wenn du schon den Hund beachtet hast, beachte erst recht das Krokodil!«

Als die Erde wieder hell wurde und der nächste Tag begann, da kehrte (der Geist zurück) …

[Hier bricht die Handschrift ab.]
[Ägyptisches Märchen]

Die schöne Zelandine

Es war einmal ein fahrender Ritter mit Namen Troylus, der zog von Abenteuer zu Abenteuer durch die Welt. So gelangte er einstmals auf seinen Fahrten auf eine Insel, welche dem bretonischen Festlande vorgelagert war, und kehrte im Schloß des Herren dieser Insel, welcher Zeland hieß, ein. Troylus schloß mit dessen Sohn Zelandin einen Freundschaftsbund und erkor die liebliche Zelandine, die Tochter des Schloßherrn, zur Dame seines Herzens; und auf seinen weiteren Fahrten – denn nicht lange hielt es ihn im gastlichen Hause des Herrschers – brach er manche Lanze ihr zu Ehren.

Schließlich trieb ihn die Sehnsucht in die Heimat Zelandinens zurück. Dort angekommen, erzählte man ihm, Zelandine leide an einer unbekannten Krankheit und liege im tiefsten Schlafe. Das hatte sich so zugetragen:

Eines Tages hatte ihr ein Fräulein einen Spinnrocken mit Flachs gegeben, und sogleich hatte sie damit zu spinnen begonnen. Aber noch hatte sie den ersten Faden nicht vollendet, als sie sich schlafbefangen niederlegte, und seitdem ist sie nicht erwacht, hat auch nicht getrunken noch gegessen, und doch ändert sich die Farbe ihres Fleisches nicht, und jedermann nimmt es wunder, wie sie so leben kann. Aber man sagt, daß die Göttin Venus, der sie ihr ganzes Leben lang gedient hat, sie gesund erhalte. Troylus aber ging bestürzt und traurig davon. Der Vater Zelandinens wußte auch keinen Rat und befragte die weisesten Ärzte im ganzen Lande. Sie sagten ihm aber, daß sie wirklich kein Heilmittel für die Krankheit seiner Tochter wüßten, und daß ihr Übel kein natürliches sein könne. Er möge sie in seinem alten Turm unterbringen und dort eingeschlossen halten. Dann solle er den Willen der Götter abwarten, die im Geheimen handeln und ihre Hilfe im Verborgenen angedeihen lassen. Als Zeland sah, daß er keinen anderen Rat in betreff seiner Tochter bekommen könne, wurde er sehr betrübt. Da nämlich keine Heilkunst hier etwas vermochte, so beschloß er, sie ganz allein in den alten Turm einsperren zu lassen und dort so abgeschlossen zu halten, daß kein Lebender zu ihr gelangen könne mit Ausnahme von ihm selbst und einer alten Dame, seiner Schwester; sie beide wollten täglich hingehen, sie zu besuchen. Wie die Ärzte es geraten hatten, so geschah es. Er ließ die Jungfrau in das oberste Gemach des Turmes tragen und sie dort in ein Bett niederlegen, das auf das herrlichste hergerichtet war. Hierauf ließ er alle Eingänge des Turmes vermauern, außer einem Fenster, das gegen Sonnenaufgang ging und ganz oben im Turme gebrochen war, da, wo die Jungfrau lag. Täglich einmal ging er mit seiner Schwester dorthin, um sie zu sehen und um zu erfahren, ob die Götter noch kein Mitleid mit ihr hätten. Aber jeden Tag fanden sie die Jungfrau im gleichen Zustand, weder schlimmer noch besser. Troylus seinerseits blieb bar seiner Sinne im Schloß, dennoch schätzte Zeland ihn hoch.

Eines Tages trat Troylus mit Zeland in den Tempel der drei Göttinnen, um zu beten. Troylus schlief im Tempel ein, und sein Gefährte verließ ihn. Um Mitternacht erschien ihm eine weibliche Gestalt: es war die Göttin der Liebe selbst, die ihm die Augen berührte und ihm dadurch Gedächtnis und Verstand zurückgab. In einem Kampf mit seinem Nebenbuhler, der sich seine im Schloß der Zauberin zurückgelassene Rüstung angemaßt hatte, gelangte er wieder in den Besitz seiner Waffen, und nun erinnerte er sich auch wieder der Dame seines Herzens, der schönen Zelandine, und seine Liebe zu ihr erwachte von neuem, so daß er beschloß, sie aufzusuchen.

Als er im Tempel der Göttinnen betete, ermahnte ihn die Stimme der Venus, das Wagnis zu bestehen und die Frucht zu pflücken. Ohne den Sinn dieser Worte zu fassen, ritt er weiter und gelangte zu dem Turm, in welchem, wie er erfuhr, Zelandine schlief. Lange versuchte er, den türenlosen Turm zu erklimmen, bis er klagend von diesem Wagnis abstehen mußte.

Da trat ein Jüngling zu ihm und sprach: »Ich weiß wohl, daß du Troylus bist und daß du, von der Göttin Venus aufgefordert, diesen Turm betreten willst. Wenn du da hineingelangen willst, so mußt du dich an mich wenden.« Da Troylus sah, daß der Jüngling trockenen Fußes über das Wasser eines Baches schritt, faßte er Vertrauen zu seiner Kunst. Der Jüngling jedoch, welcher kein anderer war als Zephyr, der Diener der Liebesgöttin, hieß den Ritter auf seine Schultern steigen und trug ihn so zum Fenster auf der Höhe des Turmes. Er ermahnte ihn ausdrücklich, die Nacht bei der Jungfrau zu verbringen, am nächsten Morgen wolle er ihn wieder abholen.

Troylus betrat das Gemach der schönen Schläferin und entzündete eine Kerze, die auf dem Rande ihres Lagers stand. Von der Schönheit der Jungfrau überwältigt, bedeckte er sie mit Küssen, aber sie rührte sich nicht und erwachte nicht. Von Venus nochmals ermahnt, die Frucht zu pflücken, wurde er kühner und kühner und teilte schließlich mit ihr das Lager. Am anderen Morgen erschien der himmlische Bote wieder am Turmfenster, und Troylus mußte sich losreißen, denn schon erklangen die Schritte der Muhme auf der Stiege; schnell vertauschte er seinen Ring mit dem Zelandinens, dann zog er wieder in die weite Welt hinaus, um neue Abenteuer zu suchen. Die Muhme hatte noch einen letzten Schimmer seiner Rüstung gesehen und glaubte nichts anderes, als daß der Schlachtengott Mars ihrer Nichte beigewohnt habe. Sie richtete das Bett auf und verließ den Turm, ohne des Vorfalls irgendwie Erwähnung zu tun.

Zelandine lag auf ihrem Bette wie zuvor, neun Monate lang, ohne zu erwachen und ohne einen andern Besuch zu erhalten, als den ihrer Muhme, die sie jeden Tag aufsuchte. Sie hatte in all dieser Zeit keine andere Nahrung als ein wenig Ziegenmilch, die ihr die gute Alte durch den Mund einflößte. Nach Ablauf von neun Monaten aber geschah es eines Abends, daß die schöne Zelandine mit einem wunderhübschen Knaben niederkam. Kaum war dies geschehen, so kam die Muhme, um sie, wie gewöhnlich, zu besuchen. Als sie zum Bette trat, fand sie dort einen schönen Knaben an der Seite seiner Mutter, welche schlief wie zuvor. Wie die gute Frau das Kind sah und bemerkte, daß Zelandine immer noch schlief, erstaunte sie sehr, bald aber sollte ihre Verwunderung noch größer werden. Sie sah nämlich, wie das neugeborene Kind sich bemühte, zur Brust seiner Mutter zu gelangen. Dabei geschah es nun, daß es ihren kleinen Finger zu fassen bekam, an welchem es heftig zu saugen begann. Es sog so stark, daß es husten mußte. Die Muhme, welche diesem Beginnen zuschaute, wurde von Mitleid ergriffen, nahm das Kind in den Arm und sagte: »Ach, du kleines Geschöpf, kein Wunder, daß du husten mußt, denn da, wo du saugst, wirst du wenig Nahrung finden!«

Bei diesen Worten erwachte die junge Mutter und begann, ihre Arme auszustrecken, wie einer, der nicht weiß, was mit ihm vorgegangen ist.

Die Muhme rief ihr zu: »Zelandine, liebe Nichte, wie geht es dir? So sprich doch mit mir!«

Als Zelandine die Stimme ihrer Muhme vernahm, antwortete sie: »Liebe Muhme, gestern habe ich mich gesund niedergelegt, und heute fühle ich mich krank, ich weiß nicht, wie mir das angeflogen ist.«

»Nein, nicht gestern«, sagte die Muhme, »sondern viel länger, denn seitdem du kein Zeichen des Erwachtseins von dir gegeben hast, hast du neun Monate lang unter deinem Herzen diesen schönen Knaben getragen, von dem du heute entbunden bist. Aber ich weiß nicht, wer sein Vater ist.«

Als die junge Frau diese Worte hörte und den Knaben sah, geriet sie in Erstaunen; dann fing sie an zu weinen, da sie nicht ahnte, daß jemals ein Mann ihren Leib berührt hatte.

Die Muhme hatte Mitleid mit ihr und sagte: »Liebe Nichte, weine deshalb nicht, und damit du weißt, was dir zugestoßen ist, so will ich es dir sagen.«

Dann erzählte sie ihr von Anfang bis zu Ende, wie sie eingeschlafen sei und wie der König sie in diesen Turm habe tragen lassen, damit die Götter sie heimsuchen könnten. »Es hat sich aber ereignet, liebe Nichte«, fuhr die Muhme fort, »daß der Schlachtengott Mars, von dem wir abstammen, dich ganz im geheimen, so wie es keiner der anderen Götter getan, besucht hat. Aber, wie mir scheint, ist dies um deiner Gesundheit willen geschehen und damit unseres Geschlechtes Adel erhalten bleibe. Er hat dir beigewohnt und diesen schönen Knaben erzeugt, der dir die Gesundheit wiedergegeben hat, deshalb sollst du ihm danken und ihn preisen und nicht in Sorge sein, denn ich werde dieses Abenteuer so geheim halten, daß es niemand erfährt.«

Als die schöne Zelandine die näheren Umstände ihres Abenteuers hörte, fing sie dermaßen zu weinen an, daß sie nicht reden konnte.

Da sagte die Muhme zu ihr: »Nichte, so bekümmere dich doch nicht, sondern sei guter Dinge, denn ich will dein Kind an einen so verborgenen Ort bringen, daß niemand etwas davon erfährt, bis es den Göttern gefällt, daß alles offenbar werde. Da ich gerade die unmittelbare Ursache deines Abenteuers erzählt habe, ist mir eine Geschichte ins Gedächtnis gekommen, die ich lange vergessen hatte, wie denn beim Reden oft die eine Erinnerung die andere nach sich zieht. Damit du nun Grund habest, dich zu trösten, werde ich sie dir erzählen, denn jetzt hast du den Zorn der Schicksalsgöttin, welche die dritte bei deiner Geburt war, überstanden, und so glücklich überstanden, daß du darüber über die Maßen froh sein solltest.

Wisse also, liebe Nichte, daß deine Mutter an dem Tage, da sie dich gebar, mir auftrug, ich solle das Gemach der Göttinnen herrichten, welche den Frauen bei der Geburt beizustehen pflegen. Ich richtete also das Gemach so prächtig, wie ich konnte, ich deckte die Tafel, trug Essen und Trinken auf, wie es sich gebührt, und stellte vor den Sitz einer jeden Göttin eine Schüssel mit Brot und Wein. Dann ging ich hinaus, hielt mich aber in der Nähe der Türe, um nach Möglichkeit zu lauschen, was die Göttinnen miteinander redeten.

Es kamen die drei Göttinnen Lucida, Themis und die schöne Venus, diese trat zuletzt ein. Sie setzten sich zu Tisch, um zu essen, aber es traf sich zum Unglück, daß Themis, die Göttin des Schicksals, kein Messer hatte, deshalb war sie nicht so guter Dinge wie die andern. Als sie gegessen hatten, sagte Lucida: ›Wir sind hier gut aufgenommen, darum habe ich es gefügt, daß das Kind mit ganzen und gesunden Gliedern geboren wurde, und es soll wachsen und gedeihen, wenn es gut behütet wird. Nun ist die Reihe an Euch, Frau Themis, die Ihr die Göttin des Schicksals seid.‹

›Wahrlich‹, sagte Themis, ›so ist es; aber weil ich kein Messer gehabt habe, so gebe ich dem Kinde dieses Schicksal, daß es mit dem ersten Leinenfaden, den es von einem Spinnrocken windet, sich eine Flachsfaser in den Finger zieht. Und es soll auf der Stelle einschlafen und nicht erwachen, bis diese herausgesogen ist.‹ Als die Göttin Venus hörte, was ihre Gefährtin dem kleinen Geschöpfe bestimmt hatte, sagte sie: ›Ihr seid aufgebracht, das tut mir leid, aber durch meine Kunst werde ich es fügen, daß die Faser herausgesogen und alles wieder gut wird.‹ Darauf trennten sie sich so plötzlich, daß ich nicht weiß, was aus ihnen geworden ist. Das ist es, liebe Nichte, was mir eben in die Erinnerung kam, denn nie, seit die Geschichte sich zutrug, habe ich wieder daran gedacht.«

Als der König später ein Turnier ausschrieb, erschien Troylus, besiegte alle anderen Ritter, gab sich der schönen Zelandine zu erkennen und entfloh mit ihr.

[Altfranzösisches Märchen]

Der Spruch der Moiren

Es war einmal in alten Zeiten ein junger Mann, ein Kaufmann, heißt es, der befand sich auf der Reise, und als es dunkel wurde, kehrte er in einem Hause ein. Die Frau seines Wirtes hatte kurz vorher ein Kind bekommen, und zwar ein Mädchen. Als nun die Leute im Hause sich schlafen legten, legte sich auch der Fremde nieder. Es war schon ein Teil der Nacht verstrichen, da hörte er drei Frauen sprechen. Er horchte auf, um zu vernehmen, was sie sagten. Da hörte er, daß von dem neugeborenen Kinde die Rede war.

Die eine sagte: »Es soll einen guten Mann bekommen, wenn's groß geworden.« Das nämliche sagte auch die zweite. Die dritte aber sprach: »Nein! Es soll keinen andern Mann bekommen als den Fremden, der hier auf der Erde liegt und schläft.«

Als das der Fremde hörte, ward er zornig und sprach zu sich: »Was? Ich, ein kräftiger Mann von dreißig Jahren, soll diesen Teufel da heiraten?«

Und damit stand er auf, ergriff das Kind und warf es zum Fenster hinaus. Es fiel aber mit der Seite auf einen Pfahl und wurde angespießt.

Nun machte sich der Fremde aus dem Staube. Als am Morgen die Mutter aufstand und ihr Kind nicht mehr sah, suchte sie es in allen Ecken und fand es endlich an dem Pfahle hängend gleich einem kleinen Weinschlauch. Sie nahm es herunter und pflegte es gut, und das Kind genas. Nach Verlauf vieler Jahre beschloß jener Kaufmann, sich zu verheiraten und hielt bei vielen an, erreichte jedoch seinen Zweck nicht. Nach einiger Zeit holte er sich eine Frau aus einem andern Orte. Als nun am Abend beide zu Bette gingen, bemerkte der Mann, daß seine Frau in der Seite eine große Narbe hatte. Er fragte sie, woher das komme, und da erzählte sie ihm, wie einst, als sie klein war, ein Fremder, der im Hause ihres Vaters eingekehrt sei, sie zum Fenster hinausgeworfen habe, und wie sie auf einen Pfahl gefallen und an der Stelle, wo die Narbe zu sehen, angespießt worden sei.

Da sagte ihr Mann zu ihr: »Höre, Weib, ich war jener Fremde, von dem du sprichst. Ich hörte damals die Moiren sagen, das neugeborene Kind solle mich zum Manne bekommen, darüber ärgerte ich mich, da ich bereits dreißig Jahre alt war. Nun sieh, wie die Moiren es fügen: was sie einmal bestimmen, daran ändern sie nichts.«

So sprachen sie miteinander und schliefen gut, und wir noch besser.

[Griechisches Märchen]

Prinz Schwan

Es war ein Mädchen mitten in einem großen Wald, da kam ein Schwan daher, der hatte einen Knäuel Garn und sprach: »Ich bin kein Schwan, sondern ein verzauberter Prinz, aber du kannst mich erlösen, wenn du den Knäuel Garn abwickelst, an dem ich fortfliege; doch hüte dich, daß du den Faden entzweibrichst, sonst komme ich nicht bis in mein Königreich und werde nicht erlöst; wickelst du aber den Knäuel ganz ab, dann bist du meine Braut.«

Das Mädchen nahm den Knäuel, und der Schwan stieg auf in die Luft, und das Garn wickelte sich ab. Es wickelte und wickelte den ganzen Tag, und am Abend war schon das Ende des Fadens zu sehen, da blieb er unglücklicherweise an einem Dornstrauch hängen und brach ab. Das Mädchen war sehr betrübt und weinte. Es wollte Nacht werden, der Wind ging so laut in dem Wald, daß ihm Angst ward und es anfing zu laufen, was es nur konnte. Und als es lange gelaufen war, sah es ein kleines Licht, darauf eilte es zu und fand ein Haus und klopfte an. Ein altes Mütterchen kam heraus, das verwunderte sich, wie es sah, daß ein Mädchen vor der Türe war: »Ei, mein Kind, wo kommst du so spät her?«

»Gebt mir doch heute Nacht eine Herberge«, sprach es, »und auch ein wenig Brot zu essen, ich habe mich in dem Wald verirrt.«

»Das ist ein schweres Ding«, sagte die Alte, »ich gäb dir's gern, aber mein Mann ist ein Menschenfresser, wenn der dich findet, so frißt er dich auf, da ist keine Gnade. Doch, wenn du draußen bleibst, fressen dich die wilden Tiere; ich will sehen, ob ich dir helfen kann.«

Da ließ sie es herein und gab ihm Brot zu essen und versteckte es dann unter dem Bett. Der Menschenfresser aber kam allemal vor Mitternacht, wenn die Sonne ganz untergegangen war, nach Haus, und ging morgens, ehe sie aufsteigt, wieder fort. Es dauerte nicht lange, so kam er herein: »Ich wittre, ich wittre Menschenfleisch!« So sprach er und suchte in der Stube, endlich griff er auch unter das Bett und zog das Mädchen hervor: »Das ist noch ein guter Bissen!«

Die Frau aber bat und flehte, bis er versprach, die Nacht über es noch leben zu lassen und morgen erst zum Frühstück zu essen. Vor Sonnenaufgang aber weckte die Alte das Mädchen: »Eil dich, daß du fortkommst, eh mein Mann aufwacht; da schenke ich dir ein golden Spinnrädchen, das halt in Ehren: ich heiße Sonne.«

Das Mädchen ging fort und kam abends an ein Haus, da war alles wie am vorigen Abend, und die zweite Alte gab ihm beim Abschied eine goldene Spindel und sprach: »Ich heiße Mond.«

Und am dritten Abend kam es an ein drittes Haus, da schenkte ihm die Alte einen goldenen Haspel und sagte: »Ich heiße Stern; und der Prinz Schwan war, obgleich der Faden noch nicht ganz abgewickelt ist, schon so weit, daß er in sein Reich gelangen konnte. Dort ist er König und hat sich verheiratet und wohnt in großer Herrlichkeit auf dem Glasberg; du wirst heute abend hinkommen, aber ein Drache und ein Löwe liegen davor und bewachen ihn, darum nimm das Brot und den Speck und besänftige sie damit.«

So geschah es auch. Das Mädchen warf den Ungeheuern das Brot und den Speck in den Rachen, da ließen sie es durch, und es kam bis an das Schloßtor, aber in das Schloß selber ließen es die Wächter nicht hinein. Da setzte es sich vor das Tor und fing an, auf seinem goldenen Rädchen zu spinnen; die Königin sah von oben zu, und ihr gefiel das schöne Rädchen; sie kam herunter und wollte es haben. Das Mädchen sagte, sie solle es haben, wenn sie erlauben wollte, daß es eine Nacht neben dem Schlafzimmer des Königs zubrächte. Die Königin sagte es zu, und das Mädchen ward hinaufgeführt, was aber in der Stube gesprochen wurde, das konnte man alles in dem Schlafzimmer hören. Wie es nun Nacht ward und der König im Bett lag, sang es:

»Denkt der König Schwan
noch an seine versprochene Braut Julian?
Die ist gegangen durch Sonne, Mond und Stern,
durch Löwen und durch Drachen:
will der König Schwan denn gar nicht erwachen?«

Aber der König hörte es nicht, denn die listige Königin hatte sich vor dem Mädchen gefürchtet und ihm einen Schlaftrunk gegeben, da schlief er so fest, und er hätte das Mädchen nicht gehört, und wenn es vor ihm gestanden wäre. Am Morgen war alles verloren, und es mußte wieder vor das Tor, da setzte es sich hin und spann mit seiner Spindel, die gefiel der Königin auch, und es gab sie unter derselben Bedingung weg, daß es eine Nacht neben des Königs Schlafzimmer zubringen dürfe. Da sang es wieder:

»Denkt der König Schwan
nicht an seine versprochene Braut Julian?
Die ist gegangen durch Sonne, Mond und Stern,
durch Löwen und durch Drachen:
will der König Schwan denn gar nicht erwachen?«

Der König aber schlief wieder fest von einem Schlaftrunk, und das Mädchen hatte auch seine Spindel verloren. Da setzte es sich am dritten Morgen mit seinem goldenen Haspel vor das Tor und haspelte. Die Königin wollte auch diese Kostbarkeit haben und versprach dem Mädchen, es dürfe dafür noch eine Nacht neben dem Schlafzimmer bleiben. Es hatte aber den Betrug gemerkt und bat den Diener des Königs, er möge diesem heute abend etwas anderes zu trinken geben. Da sang es noch einmal:

»Denkt der König Schwan
nicht an seine versprochene Braut Julian?
Die ist gegangen durch Sonne, Mond und Stern,
durch Löwen und durch Drachen:
will der König Schwan denn gar nicht erwachen?«

Da erwachte der König, wie er ihre Stimme hörte, erkannte er sie und fragte die Königin: »Wenn man einen Schlüssel verloren hat und ihn wiederfindet, behält man dann den alten oder den neugemachten?«

Die Königin sagte: »Ganz gewiß den alten.«

»Nun, dann kannst du meine Gemahlin nicht länger sein, ich habe meine erste Braut wiedergefunden.«

Da mußte am anderen Morgen die Königin wieder zu ihrem Vater heimgehen, und der König vermählte sich mit seiner rechten Braut, und sie lebten so lang und vergnügt, bis sie gestorben sind.

[Märchen der Brüder Grimm]

Tischtuch und Goldhuhn

Es war einmal ein alter Mann, der hatte sein ganzes Leben über brav gelebt. In seinem Alter hatte er daher das Glück, daß ihm sein guter Engel erschien. Der sprach zu ihm – denn er hatte ihn lieb: »Ich will dir angeben, wie du glücklich werden kannst. In dem und dem Berge ist ein Loch, da geh hinein und geh immer vorwärts, bis du an ein großes Schloß kommst. Da klopfe an die Tür. Wenn diese sich öffnet, wirst du eine hohe Frau vor dir sehen, die wird dich alsbald bewirten und nach deinem Alter, deiner Beschäftigung und deinem Befinden fragen. Antworte nur, du seiest von mir gesandt, da wird sie das Weitere schon wissen.«

Der Alte tat so, und die Frau im Innern der Erde gab ihm ein Tischtuch und sagte ihm, wenn er das ausbreite und spreche: »Im Namen des Vaters und des Sohnes und des heiligen Geistes«, so werde alles, was er sich wünsche, darauf zu finden sein. So war's in der Tat.

Nachdem nun der Alte oftmals davon Gebrauch gemacht, kam's ihm einst in den Sinn, den König in sein Haus einzuladen. Als er das Wundertuch sah, nahm er's dem Alten ab. Allein, da er kein tugendhafter Mann war, so tat das Tuch bei ihm seine Wirkung nicht, und er warf es deshalb zum Fenster hinaus, worauf es zu Staub wurde.

Der Alte ging nun wieder zu der Frau im Berge, und die gab ihm diesmal ein Huhn, das jeden Tag ein goldenes Ei legte. Als der König davon Kunde erhielt, ließ er dem Alten auch das Huhn nehmen. Allein bei ihm legte es nicht, und so warf er auch das Huhn zum Fenster hinaus, worauf es ebenfalls zu Staub ward.

In seinem Zorne ließ er nun zugleich den Alten greifen und ihm den Kopf abschlagen. Aber kaum war das geschehen, so erschien vor dem König die Herrin über Erde und Meer – das war nämlich die Frau im Berge –, sagte ihm mit kurzen Worten, was für ein Lohn ihn nach diesem Leben für seine Schlechtigkeiten erwarte, und stampfte dann mit dem Fuße auf die Erde, die sich auftat und das Schloß samt dem König und allem, was darin war, verschlang. Der getötete Alte aber war ins Paradies eingegangen.

[Griechisches Märchen]

Die drei goldenen Haare des Großväterchens Allwisser

Es war einmal – und es war keinmal – ein König, welcher gerne in den Wäldern jagte. Eines Tages lief und lief er einem Hirsch hinterher, bis er sich in dem Wald verirrte. Er war mutterseelenalleine, die Nacht brach herein, und der König war froh, als er auf einer Lichtung ein Holzhüttchen entdeckte, in dem ein Köhler wohnte. Der König bat ihn, ihm den richtigen Weg aus dem Walde zu zeigen, dann wolle er ihn gut entlohnen.

»Gerne würde ich Euch begleiten«, sagte der Köhler, »aber wie Ihr seht, ist meine Frau guter Hoffnung und wird bald ein Kindlein gebären, so kann ich sie nicht mehr verlassen. Und wohin solltet Ihr jetzt in der Nacht auch gehen? Dort oben, wo das Heu liegt, dort legt Euch nieder, und morgen früh werde ich Euch begleiten.«

Kurze Zeit danach kam des Köhlers Sohn zur Welt. Der König aber lag im Heu und konnte nicht einschlafen. Um Mitternacht sah er ein helles Licht im Geburtszimmer scheinen. Er schaute vorsichtig durch eine Spalte zwischen den Balken der Decke, und was sah er da? Dort lag der Köhler, er schlief, seine Frau lag in tiefer Bewußtlosigkeit, und neben dem Kind standen drei uralte Frauen, sie waren ganz in weiße Gewänder gehüllt, und jede trug eine brennende Kerze in der Hand.

Die erste sprach: »Mein Patengeschenk sei, daß ihm große Gefahr widerfahre.«

Die zweite sprach: »Und ich gebe ihm, daß er alle Gefahren glücklich bestehe und daß er ein langes Leben habe.« Die dritte sprach: »Und ich gebe ihm jenes Töchterchen zur Frau, welches die Königin heute dem König gebar, der oben im Heu liegt!«

Da löschten die drei uralten Frauen die Kerzen, und es wurde still. Dies waren die Schicksalsfrauen gewesen. Der König erstarrte vor Entsetzen, als ob er mit dem Schwert in die Brust getroffen worden wäre. Er konnte die ganze lange Nacht keinen Schlaf noch Ruhe finden und dachte immer nach, wie er es verhindern könnte, was er da gehört hatte.

Als es tagte, hatte der Knabe angefangen zu weinen. Der Köhler stand von seinem Lager auf und mußte sehen, daß seine Frau in der Nacht sanft in die Ewigkeit entschlafen war.

»Ach, mein kleines Waisenkindlein! Wer erbarmt sich unser?« jammerte er, »was soll ich nur mir dir anfangen?«

»Gib mir das Knäblein!« sprach der König. »Ich werde für ihn so gut sorgen als ein Vater, und du bekommst so viel Geld, daß du bis zu deinem Lebensende keine Kohle mehr brennen mußt.«

Dadurch wurde der Köhler wieder froh, und der König versprach, er werde das Kindlein bald holen lassen. Als der König ins Schloß zurückkam, berichtete man ihm voller Freude, daß er in jener Nacht ein schönes Töchterchen bekommen habe. Ja, es war in jener Nacht gewesen, als er die drei Schicksalsfrauen beobachtet hatte.

Da verfinsterte sich seine Miene, er rief einen seiner Diener herbei und sprach: »Gehe zu dem Köhler in jener Hütte und gib diesem das Geld, und er wird dir dafür ein kleines Kind übergeben. Du sollst dieses Kind nehmen und unterwegs ertränken. Folgst du meinen Worten nicht, so widerfährt dir selbst dieses Schicksal!«

Der Diener ging und legte das Kindlein in einen Weidenkorb, und als er an den tiefen, breiten Fluß kam, über welchen ein Steg ging, warf er das Kind mitsamt dem Weidenkorb ins Wasser.

»Gute Nacht, unliebsamer Schwiegersohn!« rief der König, als der Diener ihm dies erzählte. Der König dachte, daß das Kindlein ertrunken sei, aber es lebte: es schaukelte gar fröhlich in seinem Weidenkörblein auf dem Wasser und schlummerte so süß, als ob es jemand in den Schlaf gesungen hätte, ja, es schwamm so weit, bis es zur Hütte des Fischers kam. Der Fischer saß am Ufer und flickte seine Netze. Da sah er im Fluß etwas schwimmen, er sprang ins Boot, paddelte hinterher und zog einen Weidenkorb mit einem Kindlein aus dem Wasser. Er brachte dies seiner Frau und sagte:

»Du hast dir immer einen Buben gewünscht, da hast du ihn! Das Wasser hat ihn uns gebracht!«

Die Frau des Fischers freute sich sehr, nahm das Kindlein und zog es auf, als wäre es ihr eigenes. Sie nannten es Plaváček, Schwimmerchen, da es mit dem Wasser gekommen war.

Der Fluß fließt, die Jahre vergehen, und aus dem Knäblein ist ein schöner Jüngling geworden, der weit und breit seinesgleichen sucht.

Einmal im Sommer, da geschah es, daß jener König an der Fischerhütte wieder vorbeikam. Er war ganz allein, die Sonne brannte heiß, und der König hatte großen Durst. Er ritt zum Fischer und bat um einen Schluck frischen Wassers. Plaváček reichte ihm das Wasser, da staunte der König, als er ihn sah: »Einen stattlichen Jüngling hast du da, Fischer!« sagte der König. »Ist es dein Sohn?«

»Dies ist er – und dies ist er nicht!« sagte der Fischer. »Es ist nun genau zwanzig Jahre her, daß er uns als kleines Kindlein in einem Weidenkorb vom Fluß gebracht wurde. Wir haben ihn gefunden und als unseren Sohn erzogen.«

Dem König wurde es schwarz vor den Augen, und er wurde bleich wie die Wand. Er sah, daß es jener Knabe war, welcher einst sollte ertränkt werden.

Sofort aber faßte er sich, sprang vom Pferd und sagte: »Ich brauche einen Boten zu meinem Königsschloß, ich habe aber keinen Diener bei mir. Kann ich den Jüngling als Sendboten schicken?«

»Wenn Eure königliche Hoheit dies wünscht, so wird der Jüngling gehen!« sagte der Fischer.

Der König setzte sich nieder und schrieb der Königin folgenden Brief: »Diesen Jüngling, welcher zu dir kommen wird, sollst du ohne zu zögern mit dem Schwert hinrichten lassen, er ist mein größter Feind! Bis ich zurückkomme, soll es geschehen sein! Dies ist mein Wille!«

Plaváček machte sich mit dem Brief auf den Weg. Er mußte durch den tiefsten Wald, und ehe er es bemerkte, kam er vom Wege ab und verirrte sich. Da kam ihm plötzlich die Uralte, die Schicksalsfrau, entgegen. »Wohin des Weges, Plaváček, wohin?«

»Ich gehe mit diesem Brief zum Königsschloß, aber ich verirrte mich. Ach, gute Frau, könnt Ihr mir helfen?«

»Heute erreichst du dein Ziel nicht mehr, es wird schon dunkel, bleib bei mir die Nacht, du bist bei keiner Fremden, ich bin deine Patin!«

Der Jüngling ließ sich überreden, wußte er jedoch nicht, wer die Alte war. Sie machten ein paar Schritte, und sie standen vor einem schönen Häuschen, als wäre es aus dem Boden gewachsen. In der Nacht, als der Jüngling schlief, nahm die Uralte, die Schicksalsfrau, den Brief aus seiner Tasche und gab ihm einen anderen, in dem geschrieben stand: »Diesen Jüngling, welcher zu dir kommen wird, sollst du ohne zu zögern mit unserer Tochter vermählen, es ist mein vom Schicksal bestimmter Schwiegersohn. Bis ich zurückkomme, soll es geschehen sein! Dies ist mein Wille!«

Als die Königin diesen Brief gelesen hatte, ließ sie sofort die Hochzeit rüsten, und beide, die Königin und die junge Prinzessin, konnten sich an dem Bräutigam nicht satt sehen, so sehr gefiel er ihnen, und Plaváček war auch mit seiner königlichen Braut zufrieden.

Nach ein paar Tagen kam der König nach Hause, und als er sah, was geschehen war, ärgerte er sich sehr über seine Frau, daß sie dies getan hatte.

»Aber du hast dies selbst befohlen, daß ich diesen Jüngling mit unserer Tochter verheiraten solle, bevor du zurückkehrst!«

sagte die Königin und gab ihm den Brief. Der König nahm ihn, betrachtete Schrift, Siegel und Papier, alles war wie die seinigen. Er ließ den Schwiegersohn rufen und fragte ihn, welchen Weg er gegangen und was ihm dabei begegnet sei? Plaváček erzählte sodann, daß er sich im Wald verirrt und bei seiner Patin übernachtet habe.

»Und wie sah sie aus?« fragte der König. Aus der Rede des Jünglings erkannte der König, daß diese Patin dieselbe Schicksalsfrau sein müsse, die vor zwanzig Jahren bei der Geburt des Köhlerssohnes seiner Tochter diesen als Gemahl vorherbestimmt hatte.

Er dachte nach und dachte noch einmal nach und sagte dann: »Was geschehen ist, ist geschehen, aber umsonst kannst du nicht mein Schwiegersohn sein! Möchtest du meine Tochter zur Gemahlin haben, mußt du mir als Hochzeitsgabe drei goldene Haare des Großväterchens Allwisser bringen!«

Er dachte, daß er so ganz bestimmt den unliebsamen Schwiegersohn loswerde! Plaváček nahm von seiner Frau Abschied und ging, wohin, weiß ich nicht! Aber da die Schicksalsfrau seine Patin war, wurde es ihm leicht, den richtigen Weg zu finden.

Er ging lange und weit, über Berge und Täler, über Wasser und Furte, bis er zum Schwarzen Meer kam. Da sah er ein Boot mit einem Fährmann.

»Wohin des Weges?« rief dieser.

»Ich gehe zum Großväterchen Allwisser, um drei goldene Haare zu holen!«

»Hoho, auf solchen Boten warte ich schon lange! Seit zwanzig Jahren verrichte ich schon diesen Frondienst, und niemand kann mich erlösen. Wenn du mir versprichst, daß du das Großväterchen Allwisser befragst, wann meine Fron zu Ende sein wird, setze ich dich über!«

Plaváček versprach es, und der Fährmann setzte ihn über. Dann kam er zu einer fernen großen Stadt, welche gar düster und traurig war. Vor der Stadt traf er einen Alten, der tief gebeugt an einem Stock ging.

»Grüß Gott, schöner Jüngling, wohin des Weges?«

»Ich gehe zum Großväterchen Allwisser, um drei goldene Haare zu holen!«

»Ei, ei, auf solchen Boten warten wir schon lange! Aber schon seit zwanzig Jahren ist unser Apfelbaum, dessen Äpfel ewige Jugend schenken, ohne Frucht und Ernte!« Und er führte ihn zu seinem König, der ihm eine königliche Entlohnung versprach, wenn er das Großväterchen Allwisser frage, wie sie das Übel beseitigen könnten. Plaváček versprach es, und der König entließ ihn gnädig.

Da kam er zu einer anderen großen Stadt, diese war zur Hälfte zerstört. Dort traf er einen weinenden Jüngling, der seinen Vater begrub, den Jüngling aber grüßte er freundlich.

»Vergelt's Gott! Guter Wanderer, wohin des Weges?«

»Ich gehe zu Großväterchen Allwisser, um drei goldene Haare zu holen!«

»Ach, ach, schade, daß du nicht früher kamst, unser König wartet schon lange auf solche Boten! Wir hatten einst einen Brunnen, aus dem lebendiges Wasser sprudelte, das Kranke und auch Tote gesunden ließ und zu neuem Leben erweckte. Aber seit zwanzig Jahren hat dieses Wasser mit Sprudeln aufgehört!« Und er führte ihn zu seinem König, der ihm eine königliche Entlohnung versprach, wenn er das Großväterchen Allwisser frage, wie sie das Übel beseitigen könnten.

Plaváček versprach es, und der König entließ ihn gnädig. Dann ging er lange durch den schwarzen Wald, und als er bis zur Mitte dieses Waldes gekommen war, sah er eine riesige grüne Wiese, die voll der schönsten Blumen stand, und mitten darin sah er ein goldenes Schloß. Es war das Schloß des Großväterchens Allwisser, es glühte in goldener Glut. Plaváček trat ein, und wen traf er in der Ecke? Ein altes Mütterchen saß am Spinnrad und spann und sprach zu ihm: »Sei gegrüßt, Plaváček! Ich bin froh, daß ich dich wiedersehe!«

Es war die Schicksalsfrau, seine Patin, bei der er auch im Walde übernachtet hatte und die ihm den Schicksalsbrief gegeben. Sie wußte, warum Plaváček gekommen war. Sie lachte und sagte: »Großväterchen Allwisser ist mein Sohn, die helle Sonne, morgens ist er ein kleines Kind, mittags ein Mann, abends ein Greis. Ich werde dir die drei goldenen Haare von seinem Haupte besorgen! Verstecke dich dort unter dem Holzbottich, sonst könnte mein Sohn dich zu Abend speisen wollen!« Die Alte versprach, nach den drei Dingen zu fragen, auf die er die Antwort versprochen hatte.

Auf einmal kam ein starker Wind auf, und durchs hintere Fenster kam die Sonne ins Zimmer, als alter Greis, mir goldenem Haupte.

»Ich rieche, rieche Menschenfleisch!«

»Stern des Tages, wen sollte ich dahaben? Siehst du jemanden?«

Großväterchen sagte nichts und setzte sich zum Essen nieder. Nach dem Mahl legte er sein goldenes Haupt der Alten in den Schoß und schlief ein. Als die Alte sah, daß er eingeschlafen war, riß sie ihm ein goldenes Haar aus und warf es auf den Fußboden, es klang wie eine Saite.

»Was willst du, Mütterchen?«

»Nichts, mein Söhnchen, nichts! Ich bin eingeschlafen und hatte einen seltsamen Traum.«

»Was hast du geträumt?«

»Ich träumte von einer Stadt, wo einst ein Brunnen mit Lebenswasser sprudelte, hat jemand daraus getrunken, so war er sofort gesund, und war jemand tot und wurde mit dem Lebenswasser besprengt, so wurde er wieder lebendig. Aber seit zwanzig Jahren ist dieser Brunnen versiegt, welche Hilfe tut not, daß das Wasser wieder sprudle?«

»Ach, nichts leichter als dies, an der Quelle des Brunnens sitzt ein Frosch, welcher das Wasser nicht sprudeln läßt, sie sollen den Frosch totschlagen, und das Wasser wird sprudeln wie früher.«

Kaum war das Großväterchen wieder eingeschlafen, riß die Alte ihm das zweite Haar aus und warf es auf den Fußboden, es klang wie eine Saite.

»Was willst du schon wieder, Mütterchen?«

»Nichts, mein Söhnchen, nichts! Ich bin eingeschlafen und hatte wieder einen seltsamen Traum.«

»Was hast du geträumt?«

»Ich träumte von einer Stadt, wo einst ein Apfelbaum wuchs, dessen Äpfel ewige Jugend schenkten. Aber seit zwanzig Jahren trägt der Apfelbaum keine Früchte mehr, welche Hilfe tut not, daß der Baum wieder Äpfel trage?« »Ach, nichts leichter als dies! An den Wurzeln des Baumes liegt eine Schlange, welche die Kraft des Baumes frißt, sie sollen die Schlange töten, den Baum neu einpflanzen, und er wird reiche Ernte tragen!«

Kaum war das Großväterchen wieder eingeschlafen, riß die Alte ihm das dritte Haar aus und warf es auf den Fußboden, es klang wie eine Saite.

»Warum läßt du mich nicht schlafen?« rief das Großväterchen grimmig und wollte aufstehen.

»Bleib liegen, Söhnchen, bleib liegen! Sei nicht böse, ich wollte dich nicht wecken, aber der Schlummer kam über mich, und ich hatte noch einen seltsamen Traum. Ich träumte von einem Fährmann auf dem Schwarzen Meer, seit zwanzig Jahren muß er diesen Frondienst verrichten, und niemand kann ihn befreien. Wann wird diese Schinderei zu Ende sein?«

»Dies ist wohl der Sohn einer dummen Mutter! Soll er doch einem anderen das Ruder in die Hand drücken und selbst ans Ufer springen! Aber jetzt will ich meine Ruhe haben, muß ich doch am Morgen früh aufstehen, um die Tränen zu trocknen, welche die Königstochter jede Nacht um den Köhlerssohn, ihren Plaváček, weint, welcher vom König ausgesandt wurde, um von mir drei goldene Haare zu holen.«

Gegen Morgen kam draußen ein starker Wind auf, und im Schloß der Uralten, der Schicksalsfrau, erwachte statt des Großväterchens ein schönes, goldhaariges Kind, der göttliche Sonnenschein! Er verabschiedete sich von der Mutter, und durchs östliche Fenster flog er hinaus!

Die Uralte kippte den Bottich um und sagte zu Plaváček: »Da hast du die drei goldenen Haare, und was Großväterchen Allwisser auf die drei Fragen geantwortet hat, weißt du bereits! Geh mit Gott! Mich wirst du nie mehr wiedersehen, dies ist nicht mehr nötig!«

Plaváček bedankte sich herzlich und machte sich auf den Weg. Als er in die erste Stadt kam, in welcher der Brunnen versiegt war, ließ man den Frosch, der an der Quelle saß, totschlagen, und siehe da, das Lebenswasser sprudelte wieder. Der König belohnte Plaváček reich, er schenkte ihm zwölf Pferde, weiß wie Schwäne, und ließ sie mit Gold und Silber und Edelsteinen beladen, soviel sie nur tragen konnten.

Als er in die zweite Stadt kam, in welcher der Apfelbaum keine Ernte mehr trug, ließ man die Schlange, welche die Kraft des Baumes fraß, töten, und siehe da, über Nacht war der Apfelbaum mit Blüten bekleidet, als ob er mit Rosen bestreut worden wäre. Der König freute sich und belohnte Plaváček reich, er schenkte ihm zwölf Pferde, schwarz wie Raben, und ließ sie mit Gold und Edelsteinen beladen, soviel sie nur tragen konnten.

Plaváček fuhr weiter, und als er an das Schwarze Meer kam, fragte ihn der Fährmann, ob er wüßte, wann er befreit würde?

»Ja, ich weiß es, aber du mußt mich zuerst übersetzen, dann gebe ich dir die Antwort!«

Zuerst weigerte sich der Fährmann, dies zu tun, als er aber sah, daß es nicht anders ginge, setzte er Plaváček mit seinen vierundzwanzig Pferden über.

»Wenn du das nächste Mal jemanden übersetzt, so gib diesem das Ruder in die Hand! Spring ans Ufer, dann wird dieser für dich der Fährmann sein müssen!«

Der König wollte seinen Augen nicht trauen, als Plaváček ihm die drei goldenen Haare von Großväterchen Allwisser mitbrachte. Seine Tochter weinte, nicht vor Trauer, sondern vor Glück und Freude, daß er zurückgekommen war.

»Wo hast du so viele Pferde und solch großen Reichtum erworben?« fragte der König.

»Dies habe ich verdient!« und er erzählte dem König von dem Apfelbaum, dessen Früchte ewige Jugend schenken, und dem Brunnen, aus dem das Lebenswasser sprudelt, welches aus Kranken Gesunde und aus Toten Lebendige macht.

»Äpfel, die ewige Jugend schenken! Wasser des Lebens!« wiederholte der König leise für sich. »Wenn ich davon einen äße, verjüngte er mich, und wenn ich einst sterbe und mich jemand mit diesem Wasser besprengte, würde ich wieder lebendig!«

Ohne zu zögern, machte sich der alte König sofort auf die Reise, um die Äpfel der ewigen Jugend und das Wasser des Lebens zu holen, und – er kam bis heute nicht zurück!

So wurde aus dem Köhlerssohn der Schwiegersohn des Königs, so wie die Schicksalsfrauen es vorhergesagt hatten. Und der König? Vielleicht ist er bis heute noch Fährmann am Schwarzen Meer!

[Tschechisches Märchen]
[Übersetzt von Artur Bednar]

Der Prinz und die drei Feen

Es war einmal, was noch nicht da war. Es war einmal ein Kaiser, der immerfort zu Gott betete und zu ihm sprach: »Gib mir, o Herr, gib auch mir einen Sohn! Gib, o Herr, auch mir einen Sohn! Das ist mein einziges Sehnen.«

Der Herrgott schenkte ihm einen Sohn, damit seine Qual gestillt werde.

An drei Abenden kamen drei weise Frauen, um ihm in drei Nächten sein Schicksal zu bestimmen und es ihm bis zum Tode zu weissagen. Zuerst sprach die eine Fee: »Schwestern, ich finde es billig, daß wir ihm ein langes Lebens schenken, denn er ist seiner Eltern ein und alles.« Da rief die mittlere Fee ihrerseits: »Mich dünkt es besser, daß wir ihm nur einige Tage schenken, damit ihn der Gedanke an den Tod nicht schmerze und erschrecke.« Die kleinste Fee aber schnitt ihm den Faden zu und rief: »Warum wünscht ihr ihm dies und das? Ich gewähre ihm ein Leben von einundzwanzig Jahren. Dann soll er sterben, beweint und betrauert von einer ganzen Welt, wie es dem Sohne eines großen Herrn zukommt.«

So sprachen die Feen, brannten ihn an der Nase und verschwanden ungesehen und ungehört.

Als der Prinz einundzwanzig Jahre vollendet hatte, vermählte ihn der Kaiser mit der Tochter eines andern Kaisers, wie es der Brauch verlangte. Die einundzwanzig Jahre waren gerade voll, als er mit der Braut heimfuhr. Da kamen sie an einen Fluß, den sie überschreiten mußten. Alle kamen hinüber, ohne daß sich trotz der elenden Pferde etwas ereignete. Doch als der Prinz mit seinem Flügelroß übersetzen wollte, da verschlang, als ob die Zeit es lenkte, die Erde das Pferd, so daß der Kaisersohn herabfiel und ertrank. Man eilte herbei, um ihn herauszuziehen, doch ... Welch Jammern hub nun an! Von Weinen, Schreien und Verzweiflungsrufen bebte die Erde. Seine arme junge Gattin konnte sich gar nicht beruhigen. Und während sie weinte und seufzte aus tiefstem Herzensgrund, sprach die junge Frau: »Du meine schwarze Fee, warum schneidest du dir nicht zehn Jahre von den meinigen ab und schenkst sie dem Edlen?«

Die Fee ließ sich das Herz rühren und erhörte sie. Sie schnitt ihr zehn Jahre vom Lebensfaden ab und schenkte sie dem Edlen. Der wurde auch sofort lebendig. Doch nach zehn Jahren mußte er sterben, wie es ihm beschieden war.

[Mazedonisches Märchen]

Der Fluch der Patin

Eine junge, kinderlose Herzogin, die sich sehr nach einem Kinde sehnte, ging einst mit ihrer Dienerin in einem schönen Hain spazieren. Hier wurde sie so vom Schlaf übermannt, daß sie nicht mehr widerstehen konnte und sich zur Ruhe niederlegte.

Im Traum erschienen ihr drei blau gekleidete Frauen, die zu ihr sprachen: »Wir kennen deinen Wunsch, und wir wollen dir zur Erfüllung desselben verhelfen. Gehe zu einem Bach hier in der Nähe, in dem du eine Forelle sehen wirst. Bücke dich und sieh zu beim Trinken, daß die Forelle dir in den Mund schwimmt. Dann wirst du bald schwanger werden. Wir wollen dann später das neugeborene Kind aufsuchen und ihm den Namen geben.«

Die Herzogin richtet sich nach diesen Weisungen und kommt dann auch mit einem schönen Mägdlein nieder. Eine alte Frau aus einer benachbarten Hütte leistet ihr bei der Geburt die nötige Hilfe. Ihr hatte die Herzogin vorher gesagt, daß zum neugeborenen Kinde drei Frauen kommen würden. Diese solle sie festlich empfangen und sie mit all dem bewirten, was schon vorher die Herzogin für die Gäste bereitgestellt hatte. Die alte Frau tischte jedoch nur für zwei Gäste auf und behielt das, was für die jüngste bestimmt war, für sich.

Die drei Erwarteten kommen und nennen sich alle Blákápa. Wie die jüngste von ihnen sieht, daß ihr kein Empfang bereitet ist, wird sie furchtbar zornig. Die beiden älteren Frauen geben nun dem Kinde nach ihrer Mutter den Namen Märpöll und schenken ihr Schönheit, Güte und Klugheit, und dazu noch die Gabe, daß alle ihre Tränen in Gold verwandelt werden. Ein prächtiger Königssohn solle sie heiraten, und mit ihm solle sie in Liebe ein glückliches Leben führen.

Die jüngste will die Segenswünsche der Schwestern nicht aufheben. Aber sie fügt zur Strafe für den schlechten Empfang hinzu, daß die Prinzessin in ihrer Hochzeitsnacht zum Sperling werden und nur in den drei ersten Nächten für kurze Zeit ihre Menschengestalt wieder bekommen solle. Wenn nicht einer dann schnell die Sperlingshaut verbrenne, müsse sie auf immer ein Vogel bleiben. Über diese Verwünschung werden die beiden anderen Frauen so wütend, daß sie alle in Eile das Schloß verlassen und nie wiedergesehen werden.

Märpöll wächst nun bei ihren Eltern zur herrlichen Jungfrau heran, und alle Segenswünsche erfüllen sich ihr aufs schönste. Von dem Gold ihrer Tränen ist der Herzog, ihr Vater, so reich geworden, daß außerhalb und innerhalb der Burg alles von Gold ist. Ein schöner, mächtiger Königssohn kommt nun aus fernen Landen und freit beim Herzog um Märpöll. Das Mädchen wird ihm auch zugesagt, aber da der Vater nur ungern sein Kind verliert, soll Märpöll mit der Bauerntochter Helga, ihrer Freundin und Gespielin, die Kleider wechseln, und diese soll als Herzogstochter gelten. Der Königssohn, dem die Dienerin viel schöner erscheint als die vermeintliche Herrin, gibt zur Probe beiden Jungfrauen einen Backenstreich. Da weint die Herzogstochter gewöhnliche Tränen, während den Augen der Dienerin Gold entquillt. Nun ist der Betrug entdeckt, und der Herzog muß seine Tochter mit dem Königssohn ziehen lassen. Die Bauerntochter Helga begleitet das junge Paar.

In der Hochzeitsnacht bittet Märpöll ihre Gespielin, für sie in den ersten drei Nächten in den Armen des Königssohnes zu schlafen, denn jetzt würde die Verwünschung an ihr sich erfüllen. Helga ist dazu auch bereit, nur weiß sie nicht, wie sie Gold weinen soll, da der Königssohn ihr stets am Abend ein Tuch gibt, das bis zum anderen Morgen mit Gold gefüllt sein muß. Die Prinzessin rät ihr nun, dem Königssohn einen Schlafdorn zu stecken und dann zu ihr hinaus auf den Hügel zu kommen. Für kurze Weile erhielte sie ja ihre Menschengestalt wieder, so daß sie in dieser Zeit das Tuch mit Tränen füllen könne.

In der Nacht, als der Königssohn durch den Schlafdorn fest eingeschlafen ist, erhebt sich Helga, kommt zum Hügel und ruft die Freundin herbei:

»Komme, komme, Märpöll,
Komme, meine Freundin,
Komm, du lichte Maid,
Auf den Heideweg.
Gold soll ich geben,
Aber kann es nicht weinen.«

Da fliegt ein Sperling zu ihr und verwandelt sich dann in die Königstochter.

Am dritten Abend sticht die treue Helga dem Prinzen den Schlafdorn absichtlich so lose, daß er bald herausfällt und dadurch der Bräutigam erwacht. Da er die Braut vermißt, macht er sich auf, sie zu suchen. Draußen auf dem Hügel sieht er zwei Frauen stehen. Er schleicht sich hinzu und hört nun, wie Märpöll der Freundin noch einmal ihre Leidensgeschichte erzählt und für immer dann von ihr Abschied nimmt. Während die beiden in langer, schmerzlicher Umarmung sich umschlungen halten, eilt er hinzu, nimmt das Sperlingsgewand und verbrennt es. Nun ist Märpöll erlöst und führt mit dem Gatten in Liebe ein glückliches Leben.

[Isländisches Märchen]

So lieb wie das Leben

Zu einem, der dahinwanderte, sprach das junge Mädchen, das am Wege saß: »Ach wandere doch lieber nicht mehr voran, denn du wanderst in Not und Kummer hinein.« Er aber sah sie kaum und eilte weiter. Da saß eine andere am Wege, die sah viel älter aus und sagte: »Hüte dich doch, noch fortzuwandern, denn du wanderst in Tod und Verderbnis«. Er sah sie etwas an, aber er eilte weiter, ohne mit ihr zu sprechen. Da saß zum dritten ein Weib da, faltig im Gesicht und greisenhaft in den Augen, die raunte: »Wandersmann, Wandersmann, deine Seele liegt im Bann.« Da blieb er stehen mit den Worten, nun habe er aber genug von den Weiberrufen.

»Es wird dich keine mehr aufhalten wollen«, mahnte die Greisin mit hoch erhobener Rechten, » aber nun höre die letzte Rede von mir. Der Rabe hat mir in aller Frühe erzählt, daß du ausziehest, die strahlende Blume zu suchen. Wir drei sind die Warnerinnen vor Gefahr für Leib und Seele dabei. Hüte dich, wenn du um deinetwillen gehst aus Fürwitz, Habgier oder Eitelkeit; dann kommt deine Leiche baldigst hier den Fluß zurückgeschwommen. Sage mir, warum du gehst?«

Da der junge Wandersmann merkte, daß das Mütterchen es wirklich gut mit ihm meine, so vertraute er ihr an, daß er die strahlende Blume suche, um seiner Braut vor der Hochzeit das Schönste zu schenken, was sie auf Erden wisse; sie hielte die Blume so lieb wie ihr Leben, und darum ginge er.

Die Alte schüttelte ihr schneeweißes Haupt: »Höre, das ist nicht recht von ihr, daß sie dich gehen läßt. Dir kann es vielleicht gelingen, aber was dann daraus wird, das mußt du hinnehmen. Du gelangst jetzt an einen großen Sumpf, der voll lauter Schlangen ist; mittendurch zieht sich ein Pfad, von dem du kein bißchen abweichen darfst, wenn dir die Schlangen noch so sehr vor die Füße kriechen; weichst du nur im geringsten ab, so bist du verloren. Nachher kommt eine große Schlucht, in welcher der Riesenbär sein Lager hat, der wird dir den Weg versperren; du mußt ihm aber ganz ruhig die Hand in den Rachen stecken und ihn einladen, er möge nur zubeißen, wenn er wolle, so wirst du ihn loswerden, ohne Schaden für dich. Dann erblickst du bald die Blume, aber was du nun zu tun hast, mußt du dir allein raten.«

Er kam durch den Sumpf und kam auch vom Bären los. Wie er dann die strahlende Blume ansah, stutzte er. Sie stand rings umgeben von einem tiefen gräßlichen Abgrund, über den nirgends eine Brücke führte; nur an einer Stelle hing ein Spinnwebefädchen von einer Kante zur anderen. Er schloß eine Weile die Augen und schritt dann kurz gefaßt über das Spinnwebefädchen, das ihn ganz gut trug, als wäre es eine Brücke von Stein. Nun konnte er die Blume pflücken; aber so oft er auch danach greifen wollte, zuckte es in ihm wieder zurück. Da warf er sich in die Knie und rief vor sich hin: »Meine Braut ersehnt es ja, es ist ihr so lieb wie das Leben.« Danach brach er die Blume und barg sie wohl.

Kaum geschehen, erfaßte es ihn wie ein Wirbelwind. Ehe er es nur ordentlich wahrnehmen konnte, war er an den drei Frauen vorbei und flog nur so durch das Land dahin.

Aus dem Haus der Braut klang ihm frohes Lachen und Jubeln entgegen von allen, die darin waren. Die Braut griff voller Wonne nach der Blume und drückte sie an die Lippen. Auf einmal aber lag sie dem Bräutigam tot im Arm.

Sie hatte sich selbst das Schönste auf Erden gewünscht, so lieb wie ihr Leben.

[Ostpreußisches Märchen]

Die Geschichte von Caterina und ihrem Schicksal

Es war einmal ein Kaufmann, der war über alle Maßen reich und hatte solche Schätze, wie sie nicht einmal der König hatte. In seinem Zimmer, wo er Audienz gab, standen drei wunderschöne Stühle, der eine war von Silber, der zweite von Gold, der dritte von Diamanten. Dieser Kaufmann hatte eine einzige Tochter, die hieß Caterina und war schöner als die Sonne.

Eines Tages saß Caterina in ihrem Zimmer. Auf einmal sprang die Türe ganz von selbst auf, und es trat eine schöne, hohe Frau herein, die hielt in ihren Händen ein Rad. »Caterina«, sprach sie, »wann willst du lieber dein Leben genießen, in der Jugend oder im Alter?« Caterina schaute sie ganz verwundert an und wußte sich nicht zu fassen, und die schöne Frau frug noch einmal: »Caterina, wann willst du lieber dein Leben genießen, in der Jugend oder im Alter?« Da dachte Caterina: Wenn ich sage, in der Jugend, so werde ich dafür im Alter leiden müssen. Deshalb will ich lieber im Alter mein Leben genießen, und in der Jugend gehe es mir nach dem Willen Gottes. Also antwortete sie: »Im Alter!«

»Dir geschehe, wie du gewünscht hast«, sprach die schöne Frau, drehte einmal ihr Rad und verschwand. Diese hohe, schöne Frau aber war das Schicksal der armen Caterina.

Nach einigen Tagen bekam ihr Vater plötzlich die Nachricht, einige von seinen Schiffen seien in einem Sturme gescheitert; wieder nach einigen Tagen erfuhr er, noch mehrere von seinen Schiffen seien untergegangen, und um es kurz zu fassen, es war kaum ein Monat verflossen, so sah er sich aller seiner Reichtümer beraubt. Er mußte alles verkaufen, was er hatte, aber auch das verlor er, bis er endlich ganz arm und elend blieb. Aus Kummer darüber erkrankte er und starb.

So blieb denn die arme Caterina ganz allein in der Welt zurück, ohne einen Grano, ohne jemanden zu haben, der sie hätte zu sich nehmen wollen. Da dachte sie: »Ich will in eine andere Stadt gehen und mir dort einen Dienst suchen.« Sie machte sich auf und wanderte, bis sie in eine andere Stadt kam. Wie sie durch die Straßen ging, stand eben eine vornehme Frau am Fenster, die frug sie: »Wohin gehest du so allein, du schönes Mädchen?«

»Ach, edle Frau, ich bin ein armes Mädchen und möchte gern in Dienst treten, um mir mein Brot zu verdienen. Könnet Ihr mich nicht brauchen?« Da nahm die vornehme Frau sie zu sich, und Caterina diente ihr treu.

Nach einigen Tagen sprach eines Abends die Frau: »Caterina, ich muß einen Ausgang machen und werde die Haustür zuschließen.«

»Gut«, sprach Caterina, und als ihre Herrin fort war, nahm sie ihre Arbeit, setzte sich hin und nähte. Plötzlich ging die Türe auf, und ihr Schicksal trat herein. »So?« rief dasselbe, »hier bist du, Caterina? Und meinst nun wohl, ich solle dich in Ruhe lassen?« Mit diesen Worten lief das Schicksal an alle Schränke, riß die Wäsche und die Kleider von Caterinas Herrin heraus und riß alles in tausend Stücke. Caterina aber dachte: »Ach, weh mir, wenn meine Herrin wiederkommt und alles in diesem Zustand findet, so bringt sie mich gewiß um.« Und in ihrer Angst brach sie die Türe auf und entfloh. Das Schicksal aber sammelte alle die zerrissenen und zerstörten Sachen, machte sie ganz und legte alles an seinen Platz. Als nun die Herrin nach Hause kam, rief sie nach Caterina, aber Caterina war nirgends zu sehen: »Sollte sie mich wohl bestohlen haben?« dachte sie, aber als sie nachsah, fehlte von ihren Sachen nichts. Sie verwunderte sich sehr, aber Caterina kam nicht zurück, sondern lief immer weiter, bis sie endlich in eine andere Stadt kam.

Als sie nun durch die Straßen ging, stand wieder eine Frau am Fenster und frug sie: »Wohin gehest du so allein, du schönes Mädchen?«

»Ach, edle Frau, ich bin ein armes Mädchen und möchte gern einen Dienst annehmen, um mein Brot zu verdienen, könnet Ihr mich nicht brauchen?« Da nahm sie die Frau in ihren Dienst, und Caterina diente ihr und meinte nun, in Ruhe bleiben zu können. Es währte aber nur einige Tage; als eines Abends ihre Herrin ausgegangen war, erschien das Schicksal wieder und fuhr sie mit harten Worten an: »So, hier bist du jetzt? Und meinst du wohl, du könnest mir entgehen?« Damit zerriß und zerstörte das Schicksal alles, was es fand, so daß die arme Caterina in ihrer Herzensangst wieder entfloh.

Um es kurz zu sagen, dieses schreckliche Leben führte die arme Caterina sieben Jahre lang, lief aus einer Stadt in die andere und versuchte es überall, einen Dienst anzunehmen. Nach wenigen Tagen aber erschien immer das Schicksal, zerriß und zerstörte die Sachen ihrer Herrschaft, und das arme Mädchen mußte fliehen. Wenn sie jedoch das Haus verlassen hatte, machte das Schicksal alles wieder ganz und legte es an seinen Platz.

Nach sieben Jahren endlich schien das Schicksal müde zu werden, die unglückliche Caterina immer zu verfolgen. Eines Tages kam Caterina wieder in eine Stadt und sah eine Frau am Fenster, die frug sie: »Wohin gehest du so allein, du schönes Mädchen?«

»Ach, edle Frau, ich bin ein armes Mädchen und möchte gerne einen Dienst annehmen, um mein Brot zu verdienen. Könnet Ihr mich nicht brauchen?« Da antwortete die Frau: »Ich will dich gern zu mir nehmen, du mußt mir aber täglich einen Dienst leisten, und ich weiß nicht, ob du die Kraft dazu hast.«

»Sagt mir, was es ist«, sprach Caterina, »und wenn ich es kann, will ich es tun.«

»Siehst du jenen hohen Berg?« sprach die Frau. »Auf den mußt du jeden Morgen ein großes Brett mit frischgebackenem Brot tragen und mußt oben mit lauter Stimme rufen: ›O Schicksal meiner Herrin! O Schicksal meiner Herrin! O Schicksal meiner Herrin!‹ Dreimal! Dann wird mein Schicksal erscheinen und das Brot in Empfang nehmen.«

»Das will ich gerne tun«, sprach Caterina, und die Frau nahm sie zu sich.

Nun blieb Caterina lange Jahre bei dieser Frau, und jeden Morgen nahm sie ein Tragbrett mit frischgebackenem Brot und trug es den Berg hinauf, und wenn sie dreimal gerufen hatte: »O Schicksal meiner Herrin!« erschien eine schöne, hohe Frau und nahm das Brot in Empfang. Caterina aber weinte oft, wenn sie dachte, daß sie, die so reich gewesen war, nun wie eine arme Magd dienen mußte.

Da sprach eines Tages ihre Herrin zu ihr: »Caterina, warum weinst du soviel?« Da erzählte Caterina, wie schlecht es ihr ergangen sei, und ihre Herrin sprach: »Weißt du was, Caterina? Wenn du morgen das Brot auf den Berg trägst, so bitte mein Schicksal, daß es dein Schicksal zu bewegen suche, dich nun in Ruhe zu lassen. Vielleicht hilft das.« Dieser Rat gefiel der armen Caterina, und am nächsten Morgen, als sie dem Schicksal ihrer Herrin das Brot gebracht hatte, klagte sie demselben ihre Not und sprach: »O Schicksal meiner Herrin! Bittet doch mein Schicksal, daß es mich nun nicht mehr verfolge.« Da antwortete des Schicksal: »Ach, du armes Mädchen, dein Schicksal ist eben mit sieben Decken bedeckt, deshalb kann es dich nicht hören. Wenn du aber morgen kommst, so will ich dich zu ihm hinführen.« Als nun Caterina nach Hause gegangen war, ging das Schicksal ihrer Herrin zu dem Schicksal des Mädchens und sprach: »Liebe Schwester, warum wirst du nicht müde, die arme Caterina leiden zu lassen? Lasse sie nun auch wieder glückliche Tage sehen.« Da antwortete das Schicksal: »Führe sie morgen zu mir, so will ich ihr etwas schenken, das soll ihr aus aller Not helfen.«

Als nun Caterina am nächsten Morgen das Brot brachte, führte das Schicksal ihrer Herrin sie zu ihrem eigenen Schicksal, das war mit sieben Decken bedeckt. Das Schicksal aber gab ihr ein Stränglein Seide und sprach zu ihr: »Verwahre es wohl, es wird dir nützen.« Da ging Caterina nach Hause und sprach zu ihrer Herrin: »Da hat mir mein Schicksal ein Stränglein Seide geschenkt, was ich wohl damit tun soll? Es ist ja keine drei Grani wert.«

»Nun«, sagte die Herrin, »verwahre es nur, wer weiß, wozu es nützen kann.«

Nun begab es sich nach einiger Zeit, daß der junge König heiraten sollte und sich deshalb königliche Kleider anfertigen ließ. Als der Schneider nun ein schönes Gewand nähen sollte, war nirgends Seide von derselben Farbe zu finden. Da ließ der König im ganzen Land verkünden, wer solche Seide habe, solle sie an den Hof bringen, sie werde ihm gut bezahlt werden. »Caterina«, sprach die Herrin, »dein Stränglein Seide ist ja von dieser Farbe; bringe es doch zum König, daß er dir ein schönes Geschenk mache.« Da legte Caterina ihre besten Kleider an und ging an den Hof, und als sie vor den König trat, war sie so schön, daß er seine Augen nicht von ihr wenden konnte. »Königliche Majestät«, sprach sie, »ich habe Euch ein Stränglein Seide gebracht, von jener Farbe, die Ihr nicht finden konntet.«

»Wißt Ihr was, Königliche Majestät«, rief einer der Minister, »wir wollen dem Mädchen die Seide mit Gold aufwiegen.« Der König war es zufrieden, und es wurde eine Waage gebracht; auf die eine Seite legte der König die Seide, auf die andere ein Goldstück. Nun denkt euch aber, was geschah; so viele Goldstücke der König auch auf die Waage legen mochte, die Seide war doch immer schwerer.

Da ließ der König eine größere Waage holen, und alle seine Schätze auf die eine Schale legen, aber die Seide wog immer noch schwerer. Da nahm der König endlich seine goldene Krone vom Haupt und legte sie zu all den anderen Schätzen, und siehe da, nun ging die Waagschale mit dem Golde hinunter und wog genau ebensoviel wie die Seide. »Woher hast du diese Seide?« frug der König.

»Königliche Majestät, ich habe sie von meiner Herrin geschenkt bekommen«, antwortete Caterina.

»Nein, das ist nicht möglich«, rief der König, »und wenn du mir nicht die Wahrheit sagst, so lasse ich dir den Kopf abschneiden.« Da erzählte Caterina alles, wie es ihr ergangen, seit der Zeit, da sie ein reiches Mädchen gewesen war. Am Hofe aber lebte eine weise Frau, die sprach: »Caterina, du hast viel gelitten, doch nun wirst du auch glückliche Zeiten sehen, und daß erst die goldene Krone die Waage ins Gleichgewicht brachte, ist ein Zeichen, daß du eine Königin sein wirst.«

»Soll sie eine Königin sein«, rief der König, »so will ich sie dazu machen, denn Caterina und keine andere soll meine Gemahlin sein.«

Und so geschah es auch; der König ließ seiner Braut sagen, nun wolle er sie nicht mehr und heiratete die schöne Caterina. Und nachdem Caterina in ihrer Jugend soviel gelitten hatte, genoß sie nun ihr Alter in lauter Glückseligkeit, und blieb glücklich und zufrieden, wir aber haben das Nachsehen.

[Sizilianisches Märchen]

Der blaue Palmbaum

Die Sonne begann sich zu neigen, und die Winde fingen an, in den Blättern der Bäume zu rauschen, als ich mich auf einer meiner Wallfahrten in einer einsamen Gegend befand. Von der Hitze und dem langen Wege ermüdet, setzte ich mich unter einen schattigen Baum und klagte über die Mühseligkeit meines Standes. »Was habe ich verschuldet«, sprach ich, »daß ich meinen Unterhalt durch Almosen suchen muß? Bin ich nicht ebensogut wie so viele andere, die im Überfluß leben und mich verachten? Warum ward mir von den Gütern der Erde nicht wenigstens soviel zuteil, als zu einem ruhigen Leben nötig ist?«

So klagte ich über den Eigensinn des Schicksals, das einen Derwisch aus mir gemacht und mir die Bequemlichkeiten des Lebens versagt hatte, und mein Haupt hing traurig auf die Brust. Da hörte ich ein Geräusch und sah vor mir eine Jungfrau von überirdischer Schönheit stehen. Ihr blaues Gewand berührte die Erde, und ihre goldenen Locken wallten um sie her wie die Strahlen der Morgenröte über den Himmel. In der rechten Hand trug sie einen goldenen Stab, um den sich eine weiße Schlange krümmte; in der linken hielt sie einen blauen Palmzweig.

»Muaser«, sprach sie, »ich bin die Fee Gorek, die Beschützerin der Klugen. Ich habe deine Klagen gehört und bin gekommen, deine Wünsche zu erfüllen. Möge dein Herz stark sein, den Reichtum zu ertragen. Am Ende dieses Tales wirst du eine Quelle finden, aus welcher ein kleiner Bach entspringt, der sich nach mancherlei Krümmungen in einen großen Strom ergießt. In dieser Quelle liegt ein blauer Kieselstein; den nimm zu dir! Verfolge den Bach an seinem linken Ufer bis zum Strome, den Strom aber bis an einen Ort, wo er sich in zwei Arme teilt und eine kleine Insel oder vielmehr einen Garten bildet! In diesem Garten steht der blaue Palmbaum, welcher Datteln trägt, die inwendig einen goldenen Kern haben. Über den linken Arm des Stromes führt eine Brücke von Marmor, vor welcher hundert Löwen die Wache halten. Lege, ehe sie dich erblicken, den blauen Kiesel in deinen Mund und gehe getrost durch sie hin; denn dieser Stein hat die Kraft, einen jeden, der ihn im Munde führt, unsichtbar zu machen! Wenn du zum blauen Palmbaum kommst, so brich drei Datteln und nimm sie mit dir, ohne die übrigen zu berühren! Denn diese drei sind schon genug und bringen, wenn du sie pflanzest, in einem einzigen Tage drei große, blaue Bäume mit ebensolchen Früchten hervor. Merke, was ich dir sage; mehr als drei sind dir nicht beschieden!«

So sprach die Jungfrau, berührte meine Stirn mit dem blauen Zweige, den sie in der Hand hielt, und verschwand.

So freudig wie ein Gefangener, dem sich wider Vermuten der Kerker öffnet, sprang ich auf und verfolgte den vorgeschriebenen Weg. Ich fand alles den Worten der Jungfrau gemäß. Ich kam zur Quelle und nahm den Stein; ich ging am linken Ufer des Baches und des Stromes hinab; ich sah die Löwen; ich machte mich unsichtbar und ging hinüber.

Als ich mich dem Garten näherte, wehte mir von den Blumen und Früchten ein so süßer, lieblicher Geruch entgegen, daß ich bei jedem Schritte verweilte und die gewürzreiche Luft mit vollen Zügen einatmete. Als ich aber hineintrat, wünschte ich mir soviel Augen, als der Himmel Sterne hat, um die glänzende Schönheit und die lichten Farben der Blumen, Bäume und Gesträuche mit einmal zu übersehen. Doch alle Schönheiten verschwanden aus meinen Augen, als ich den blauen Palmbaum erblickte. Sein Stamm funkelte wie köstlicher Lasurstein von Samarkand, mit einem feinen Gewebe goldener Adern. Seine langen Blätter strahlten wie der reinste Saphir im Sonnenlicht, und seine Früchte! Wie soll ich diese beschreiben? Es gibt nichts Irdisches, das mit ihrer lockenden Schönheit verglichen werden könnte. Beim Mohammed und seinem Schwiegersohn Ali! Mein Geist kann sich nichts Lieblicheres denken als die reizende Anmut dieser Früchte. Es war, als ob ein heimliches Feuer von ihnen ausginge, das mein Herz mit Verlangen entzündete. Meine Lippen brannten nach ihrem Genuß; ich fühlte und empfand nichts als ihren süßen Geruch; ja, ich glaube, ich wäre vor Sehnsucht gestorben, wenn ich meiner Begierde länger widerstanden hätte. Ich nahm den blauen Kiesel aus dem Munde, streckte beide Hände aus und brach und aß mit der heißesten Begierde von diesen wunderbaren Früchten. Welch ein Genuß! Ich war entzückt, ich war berauscht von ihrem süßen, lieblichen Geschmack.

Allein die Lust des Genusses dauerte leider nur wenige Augenblicke. Denn weil ich den blauen Kiesel aus dem Munde genommen hatte, so wurden die Löwen meiner gewahr. Sie rannten schnaubend von allen Seiten herbei, stürzten sich über mich her, rissen mich zu Boden und hätten mich verschlungen, wenn nicht die blaue Jungfrau mit dem goldenen Haar durch ihr Erscheinen die blutgierigen Tiere verscheucht hätte. Ich warf mich zu ihren Füßen und bat wegen meiner Unvorsichtigkeit um Verzeihung.

»Muaser«, sprach sie, »dein Herz ist schwächer, als ich dachte; es kann Armut, aber nicht Reichtum ertragen. Geh und murre in Zukunft nicht wieder, weil das Schicksal dir etwas versagt hat, das dir nicht gut ist!«

Bei diesen Worten schlug sie mich halb unwillig mit dem blauen Zweige auf das Haupt und verschwand. Mir war, als ob ich aus einem tiefen Schlafe erwachte. Ich schlug meine Augen auf; Strom und Garten waren verschwunden, und ich saß noch unter dem einsamen Baume, unter welchem ich eingeschlummert war. Die Sonne neigte sich schon gegen die fernen Gebirge; darum ergriff ich meinen Stab, ging meinen Weg geduldig fort und erreichte eben mit dem Ende des Tages das Ziel meiner Wallfahrt.

[Arabisches Märchen]

Weissagung und Glück

Die berühmteste antike Seherin, die das Schicksal der Menschen vorhersagte, war die Pythia zu Delphi. Im Innersten des Apollon-Tempels – Apollon war der griechische Gott der Weissagung – verkündigte sie, auf einem heiligen Dreifuß sitzend und tief in Ekstase versunken, dunkle und doppeldeutige Orakel, die von kundigen Priestern ausgelegt wurden.
Die Märchen erzählen von weisen Frauen, aber auch von Zauberern, Wahrsagern und Sterndeutern, die den Menschen ihr Glück und Schicksal weissagen.

Pythia, die antike Seherin

Die Geschichte des dritten Bettelmönches

Ich bin ein König, der Sohn eines Königs. Als mein Vater starb, übernahm ich die Herrschaft nach ihm. Und ich regierte in Gerechtigkeit und Wohlwollen gegen die Untertanen. Nun hatte ich eine Vorliebe dafür, zu Schiff auf dem Meere zu fahren; denn meine Stadt lag am Meere, und die See dehnte sich weit aus von dort. Um uns lagen viele große Inseln mitten im Meere; und ich hatte auf dem Wasser fünfzig Handelsschiffe, fünfzig kleinere Schiffe zu Lustfahrten und hundertundfünfzig Galeeren bereit zum Krieg und zum Glaubenskampf. Einmal wollte ich eine Lustfahrt zu den Inseln machen, und so zog ich mit zehn Schiffen aus und nahm Vorräte für einen ganzen Monat mit. Ich war schon an die zwanzig Tage auf der Fahrt, da, eines Nachts, erhoben sich widrige Winde gegen uns, und das Meer schwoll in ungeheuren Wogen gegen uns empor; die Wellen peitschten einander, und wir gaben uns schon verloren. Nun kam auch noch dichte Finsternis über uns, da rief ich aus: ›Wer sich in Gefahr begibt, wird nicht gelobt, auch wenn er gerettet wird.‹ Und wir beteten zu Allah dem Erhabenen und flehten ihn an; aber die Winde hörten nicht auf, gegen uns zu wüten, noch die Wogen, uns zu peitschen, bis der Morgen anbrach; da legte sich der Wind, das Meer beruhigte sich, und es schien die Sonne. Dann erreichten wir eine Insel; wir stiegen ans Land, kochten ein wenig zum Essen, verspeisten es und ruhten uns zwei Tage aus. Drauf stachen wir wieder in See und segelten wieder an die zwanzig Tage; da lief uns die Strömung zuwider, und dem Kapitän ward das Meer fremd. Wir aber sagten zu dem Wächter: ›Steig in den Mastkorb und halt Umschau auf dem Meere!‹ Alsbald kletterte der Wächter den Mast hinauf und spähte aus und rief dem Kapitän zu: ›O Kapitän, ich sehe zu meiner Rechten Fische auf der Oberfläche des Wassers, und mitten auf dem Meere sehe ich etwas Dunkles, das bald schwarz, bald weiß erglänzt.‹ Als der Kapitän die Worte des Wächters hörte, schleuderte er seinen Turban auf das Deck, riß sich den Bart aus und rief der Mannschaft zu: ›Höret die frohe Botschaft von unser aller Untergang! Kein einziger von uns wird mit dem Leben davonkommen!‹ Und er begann zu weinen, und wir alle weinten um unser Leben; und ich sagte: ›O Kapitän, tu uns kund, was der Wächter sah.‹ ›O mein Gebieter,‹ erwiderte er, ›wisse, daß wir den Kurs verloren an dem Tage, an dem die Winde sich gegen uns erhoben und die ganze Nacht bis zum Morgen wehten; dann hielten wir uns zwei Tage auf, verloren aber unseren Weg auf dem Meere. Jetzt fahren wir schon elf Tage seit jener Nacht in die Irre, und wir haben keinen Wind, der uns dorthin zurückbringt, wohin wir fahren wollen. Morgen abend werden wir zu einem Berge kommen aus schwarzem Stein, der heißt der Magnetberg; die Strömungen reißen uns, ob wir wollen oder nicht, hin zu seinem Fuße. Dort wird das Schiff bersten, und jeder Nagel des Schiffes wird zu dem Berge hinfliegen und sich an ihn heften; denn Allah der Erhabene hat den Magnetstein mit einer geheimnisvollen Kraft begabt, so daß alles, was Eisen ist, auf ihn zufliegt. An diesem Berge hängt so viel Eisen, daß niemand es zu zählen vermag als Allah der Erhabene; denn es sind seit uralten Zeiten viele Schiffe an jenem Berge zerbrochen. Über dem Meere aber erhebt sich eine Kuppel aus Messing, auf zehn Säulen errichtet; und auf der Kuppel steht ein Reiter, dessen Roß aus Kupfer ist. In der Hand jenes Reiters ist eine Lanze aus Kupfer, und auf seiner Brust hängt eine Tafel aus Blei, in die Namen und Talismane gegraben sind.‹ Und weiter sprach er zu mir: ›O König, kein anderer vernichtet die Menschen als jener Reiter auf dem Roß, und es gibt kein Entrinnen, als bis dieser Reiter von jenem Rosse stürzt.‹ Darauf, o meine Herrin, weinte der Schiffsführer bitterlich, und wir waren sicher, daß wir dem Untergange unrettbar verfallen waren; wir boten daher, ein jeder seinem Freund, Lebewohl und vertrauten ihm unser Testament, für den Fall, daß etwa er gerettet würde. Jene Nacht hindurch schliefen wir nicht; und als der Morgen anbrach, waren wir dem Berge schon näher gekommen, und die Wasser trieben uns mit Gewalt auf ihn zu. Als dann die Schiffe an seinem Fuße waren, barsten sie, die Nägel flogen heraus, und alles Eisen in ihnen strebte dem Magnetfelsen zu und haftete sich an ihn; und gegen Ende des Tages trieben wir rings um den Berg herum. Einige von uns ertranken, andere retteten sich. Aber derer, die von uns ertranken, waren mehr; und auch die, so mit dem Leben davon kamen, wußten nichts voneinander, denn die Wellen und die widrigen Winde hatten sie verschlagen. Mich aber, o meine Herrin, sparte Allah der Erhabene auf für all die Mühsal, Not und Pein, die Er mir bestimmt hatte. Ich kletterte auf eine der umherschwimmenden Planken, der Wind trieb sie dahin, und ich konnte mich an den Berg anklammern. Dort fand ich einen Weg, der zum Gipfel führte, einer Treppe gleich in den Fels gehauen. Und ich rief den Namen Allahs des Erhabenen an.‹«

Da bemerkte Schehrezâd, daß der Morgen begann, und sie hielt in der verstatteten Rede an. Doch als die Fünfzehnte Nacht anbrach, sprach sie: ›Es ist mir berichtet worden, o glücklicher König, daß der dritte Bettelmönch, während die übrigen Gäste festgebunden dasaßen und die Sklaven dabeistanden, die Schwerter über ihren Häuptern gezückt, der Dame also weitererzählte: ›Nachdem ich den Namen Allahs angerufen und inbrünstig zu ihm gebetet hatte, klammerte ich mich an die Stufen, die in den Stein gehauen waren, und langsam kam ich empor. Allah gebot, daß sich in diesem Augenblick die Winde beruhigten, und Er half mir beim Aufstieg, so daß ich unversehrt den Gipfel erreichte. Dort hatte ich nun keinen anderen Weg mehr als den zur Kuppel. Ich war hocherfreut über meine Rettung, trat in die Kuppel ein, vollzog die religiöse Waschung und warf mich zweimal anbetend nieder aus Dank gegen Allah, der mich errettet hatte. Dann schlief ich ein in der Kuppel und hörte im Traume eine Stimme, die sprach: ›O Sohn des Chadîb! Wenn du aus deinem Schlaf erwachst, so grabe zu deinen Füßen, und du wirst einen Bogen aus Messing finden und drei Pfeile aus Blei, auf die Talismane eingegraben sind. Nimm den Bogen und die Pfeile und schieß nach dem Reiter, der auf der Kuppel steht, und befreie die Menschen von diesem großen Unheil! Und wenn du den Reiter getroffen hast, so wird er ins Meer hinabstürzen; auch der Bogen wird dir aus der Hand fallen, aber heb ihn auf und vergrab ihn an seiner Stätte! Darauf wird das Meer anschwellen und steigen, bis es den Bergesgipfel erreicht, und auf ihm wird ein Boot erscheinen mit einem Mann aus Kupfer, einem anderen, als den du schossest. Er wird zu dir kommen mit einem Ruder in der Hand, und du steig ein zu ihm, aber nenne den Namen Allahs des Erhabenen nicht. Er wird rudern und mit dir fahren zehn Tage lang, bis er dich in das Meer der Rettung bringt; wenn du dort angekommen bist, so wirst du jemanden finden, der dich in deine Heimat bringt. All dies wird sich dir erfüllen, wenn du den Namen Allahs nicht nennst.‹ Dann erwachte ich, erhob mich rasch und tat, wie mir die geheimnisvolle Stimme gesagt hatte. Ich schoß auf den Reiter und traf ihn. Da fiel er ins Meer, aber der Bogen fiel neben mir nieder; ich nahm ihn und vergrub ihn. Und alsbald brandete das Meer auf und stieg, bis es den Gipfel des Berges und mich erreichte; und ich hatte nicht lange zu warten, bis ich ein Boot von der hohen See her auf mich zukommen sah. Da dankte ich Allah dem Erhabenen. Und als das Boot näher kam, sah ich darin einen Mann aus Kupfer und auf seiner Brust eine Tafel aus Blei, beschrieben mit Zaubernamen und Talismanen; und schweigend, ohne ein Wort zu sprechen, stieg ich zu ihm ein. Nun ruderte der Mann mit mir fort, und ruderte den ersten Tag und den zweiten und den dritten, bis die zehn Tage vollendet waren. Da blickte ich auf und sah die

Inseln der Rettung vor mir. Ich war hocherfreut, und im Übermaß meiner Freude nannte ich Allah; ich rief: ›Im Namen Gottes! Es gibt keinen Gott außer Allah! Gott ist der Größte!‹ Wie ich das getan hatte, kenterte das Boot und warf mich ins Meer; und es richtete sich wieder auf und versank in die Tiefe. Ich verstand aber zu schwimmen, und so schwamm ich jenen ganzen Tag hindurch bis zum Einbruch der Nacht. Da versagten meine Arme, und meine Schultern erlahmten; ich war ermattet und dem Ende nahe, und da ich den sicheren Tod vor Augen sah, sprach ich das Glaubensbekenntnis. Immer noch schwoll das Meer unter der Gewalt der Winde, und plötzlich kam eine Welle, so hoch wie eine mächtige Burg; die hob mich hoch empor und warf mich durch die Luft – da war ich auf trockenem Lande, nach dem Willen Allahs.

Nun kroch ich den Strand hinauf und preßte meine Kleider aus und breitete sie hin zum Trocknen; dann brachte ich die Nacht dort zu. Als es tagte, zog ich meine Kleider an und stand auf, um auszuspähen, wohin ich gehen sollte. Da fand ich eine Niederung, ging zu ihr hin und um sie herum und sah, daß die Stätte, an der ich mich befand, eine kleine Insel war, rings vom Meer umgeben. Und ich sprach zu mir selber: ›Ich komme doch immer von einer Not in die andre!‹ Aber als ich noch nachsann über mein Schicksal und mir den Tod herbei wünschte, siehe, da sah ich fern ein Schiff, in dem Menschen waren und das auf die Insel steuerte, auf der ich mich befand. Da machte ich mich auf und kletterte auf einen Baum. Denn schon landete das Schiff, und aus ihm heraus stiegen zehn schwarze Sklaven, die eiserne Hacken bei sich trugen. Sie gingen, bis sie zur Mitte der Insel kamen. Dort gruben sie in dem Erdboden und legten eine Platte bloß. Die Platte hoben sie auf, und das war nun eine offene Tür. Dann kehrten sie zum Schiffe zurück und brachten von dort Brot, Mehl, Butter, Honig, Schafe und Geschirr, alles, was man für eine Wohnung nötig hat. Immerfort liefen die Sklaven herbei und zogen wieder hinab zum Schiffe, kehrten zurück vom

Schiffe und stiegen hinab in die Grube, bis sie alles, was auf dem Schiffe war, dorthin geschafft hatten. Darauf endlich kamen sie herbei mit den allerschönsten Kleidern, und in ihrer Mitte war ein uralter Mann. Der war zu dem geworden, was noch von ihm übrig war; denn die Zeit hatte ihn hart mitgenommen, und er sah aus, als ob er schon tot sei. Er trug ein Gewand, das aus blauen Fetzen bestand, durch das nach West und Ost der Wind hindurchpfiff. Von ihm sagt der Dichter:

Die Zeit erschreckt – o welch ein Schreck!
Die Zeit hat Kraft und bleibt bestehn;
Einst konnt ich gehen und war nicht krank.
Heut bin ich krank und kann nicht gehen.

Die Hand des Alten lag in der Hand eines Jünglings, der schien, als sei er gegossen in der Form der Lieblichkeit, der Anmut und der Vollkommenheit, so daß seine Schönheit zum Sprichwort ward weit und breit; wie ein Reis so zart war seine Art, er bezauberte jedes Herz durch seine liebliche Gestalt, und durch seinen zärtlichen Blick zwang er jeden Sinn in seine Gewalt. Wie der Dichter von ihm sprach, als er sang:

Man brachte die Schönheit, um ihn zu vergleichen;
Da senkte die Schönheit beschämt ihr Haupt.
Man sprach: O Schönheit, sahst du dergleichen?
Sie rief: Das zu sehn hätt' ich nie geglaubt.

Sie gingen nun weiter, o Herrin, bis sie zu der Falltür kamen; alle stiegen durch die Falltür hinab und blieben eine Stunde oder noch länger verschwunden. Schließlich aber kamen die Sklaven und der Greis wieder heraus, doch der Jüngling war nicht bei ihnen. Dann legten sie die Platte wieder so hin, wie sie vorher gewesen war, bestiegen das Schiff und schwanden mir aus den Augen. Als sie nun fort waren, stieg ich vom Baum herab, ging zu der zugeschütteten Stelle, grub in der

Erde und schaffte sie beiseite; aber ich mußte meine Geduld zügeln, bis ich alle Erde weggeschafft hatte. Da ward die Falltür bloßgelegt; sie war aus Holz und von der Größe eines Mühlsteins; und als ich sie aufhob, ward darunter eine steinerne Wendeltreppe sichtbar. Ich staunte darüber und stieg die Treppe hinab, bis ich bei ihrem Ende anlangte, und fand eine schöne Halle, ausgestattet mit allerlei Teppichen und Seidenstoffen. Dort saß der Jüngling auf einem erhöhten Lager, gelehnt gegen ein rundes Kissen, in der Hand einen Fächer und vor sich Blumen und süß duftende Kräuter; doch er war ganz allein. Als er mich sah, erbleichte er; ich aber grüßte ihn und sprach zu ihm: ›Sei ruhigen Herzens und unbesorgt, nichts Arges soll dir nahen! Ich bin ein Mensch wie du und der Sohn eines Königs. Das Schicksal führte mich zu dir, um dich in deiner Einsamkeit aufzuheitern. Doch was ist dir geschehen, was ist dir widerfahren, daß du so allein unter der Erde wohnst?‹. Als er sicher war, daß ich wie er zum Menschengeschlecht gehörte, freute er sich, und seine Farbe kehrte zurück; und er bat mich, näherzutreten, und sagte: »Mein Bruder, meine Geschichte ist seltsam, und sie ist diese: Mein Vater ist ein Juwelenhändler und hat einen großen Handel und schwarze und weiße Sklaven; Kaufleute reisen für ihn auf Schiffen mit den Waren bis zu den fernsten Ländern, mit Kamelkarawanen und reichen Gütern; aber er wurde nie mit einem Kinde gesegnet. Nun träumte er einmal, ihm werde ein Sohn geschenkt werden, doch werde der nicht lange leben; und am nächsten Morgen wachte mein Vater weinend und klagend auf. In der folgenden Nacht empfing mich meine Mutter, und mein Vater schrieb sich den Tag ihrer Empfängnis auf. Als dann ihre Zeit erfüllet war, gebar sie mich; mein Vater freute sich und gab Gastmähler und speiste die Fakire und die Armen, weil er am Ende seines Lebens noch mit mir gesegnet wurde. Dann versammelte er die Sterndeuter und die Männer, die da die Stellungen der Planeten kannten, und die Weisen der Zeit und solche, die in Berechnungen und

Horoskopen erfahren waren; die stellten mein Horoskop und sagten zu meinem Vater: ‚Dein Sohn wird bis zu seinem fünfzehnten Jahre leben, aber dann droht ihm Gefahr; wenn er sie übersteht, so wird er noch lange Zeit am Leben bleiben. Was ihm mit dem Tode droht, ist dieses: Im Meere der Gefahren erhebt sich der Magnetberg; auf seinem Gipfel befindet sich ein Reiter auf einem Rosse aus Kupfer, und auf der Brust des Reiters hängt eine Tafel aus Blei. Fünfzig Tage, nachdem dieser Reiter von seinem Rosse fällt, wird dein Sohn sterben, und töten wird ihn der, der den Reiter herabschießt, ein Fürst namens ›Adschîb, Sohn des Chadîb.‹ Da ward mein Vater sehr traurig; dann zog er mich auf und gab mir eine vortreffliche Erziehung, bis ich fünfzehn Jahre alt war. Nun erreichte ihn vor zehn Tagen die Nachricht, daß der Reiter ins Meer gefallen sei und daß der, der ihn herabschoß, ›Adschîb, Sohn des Königs Chadîb‹, heiße. Da fürchtete mein Vater, daß ich sterben müsse, und brachte mich an diesen Ort. Dies ist meine Geschichte und der Grund, weshalb ich allein bin.‹ Als ich seine Geschichte gehört hatte, war ich erstaunt und sprach zu mir selbst: ›Ich habe ja all dies getan; aber bei Allah, ich werde ihn nie und nimmer töten!‹ Dann sprach ich zu ihm: ›Mein Herr, ferne sei dir Krankheit und Unheil, und so Gott der Erhabene will, sollst du keine Sorge leiden, und Gram und Unruhe sollen dich meiden! Ich will bei dir bleiben und dir ein Diener sein und dann meines Weges ziehen; wenn ich dir also während dieser Tage Gesellschaft geleistet habe, mögest du mir ein Geleit von Mamluken geben, mit denen ich in mein Land zurückreise.‹ Darauf setzte ich mich zu ihm bis zum Abend; und dann erhob ich mich, zündete eine große Kerze an und richtete die Lampen. Wir setzten uns zusammen, nahmen etwas von den Speisen und aßen; dann holte ich etwas von den Süßigkeiten, und wir aßen auch davon. Nun blieben wir im Gespräch miteinander sitzen, bis der größere Teil der Nacht vergangen war; dann legte er sich nieder zur Ruhe, und ich deckte ihn zu und ging selber schlafen. Und am nächsten Morgen stand ich auf, wärmte Wasser und rief ihn leise, so daß er erwachte; dann brachte ich ihm das warme Wasser, und er wusch sich das Gesicht und sagte zu mir: ›Mögest du mit Gutem belohnt werden, o Jüngling! Bei Allah, wenn ich dieser Gefahr entgehe und gerettet werde vor dem, der da heißet ›Adschîb, Sohn des Chadîb‹, so werde ich meinen Vater bitten, dich zu belohnen; wenn ich aber sterbe, so liege mein Segen auf dir.‹ Ich antwortete ihm: ›Möge es nie einen Tag geben, an dem dir Arges widerfährt; und möge Allah meinen letzten Tag vor deinem letzten Tag erscheinen lassen!‹ Darauf holte ich etwas von den Speisen, und wir aßen; dann bereitete ich ihm Weihrauch, und er nahm ein Rauchbad. Auch machte ich ein Steinchenspiel für ihn, und wir spielten miteinander. Nachher aßen wir etwas von den Süßigkeiten und spielten wieder bis zum Abend. Dann zündete ich die Lampen an, holte etwas von den Speisen, setzte mich nieder und erzählte ihm Geschichten, bis nur noch wenig von der Nacht übrig war. Schließlich legte er sich nieder zur Ruhe, und ich deckte ihn zu und ging selber schlafen. Und so fuhr ich fort, o meine Herrin, Tag und Nacht; ich gewann ihn von Herzen lieb und tröstete mich über meine Sorgen, indem ich bei mir sprach: ‚Die Sterndeuter haben gelogen; bei Allah, ich will ihn nicht töten.‹ Immerfort bediente ich ihn, aß mit ihm und erzählte ihm Geschichten, neununddreißigTage lang. Am Abend vor dem vierzigsten Tage freute der Jüngling sich und rief: ›Mein Bruder, Preis sei Allah, der mich vom Tode errettet hat, und das durch deinen Segen und den Segen der Begegnung mit dir; und ich bete zu Allah, daß er dich wieder in deine Heimat führe. Aber jetzt, mein Bruder, möchte ich, du wärmtest mir etwas Wasser, damit ich mich waschen und baden kann!‹ Ich rief: ›Mit großer Freude‹; und ich wärmte Wasser in Menge, schüttete es über ihn, wusch ihm den ganzen Leib tüchtig mit schäumendem Lupinenmehl, salbte ihn und rieb ihn ab, wechselte ihm seine Kleider und breitete ein weiches Bett für ihn aus. Da erhob sich der Jüngling und legte sich nieder auf das Bett, um nach dem Baden zu ruhen. Und er sagte zu mir: ›Mein Bruder, zerschneide uns eine Wassermelone und löse ein wenig Zuckerkand darin auf.‹ Ich ging in den Vorratsraum, sah dort eine schöne Melone, die auf einer Schüssel lag, und rief ihm zu: ›O mein Gebieter, hast du nicht ein Messer?‹ ›Hier ist es,‹ erwiderte er, ›auf der hohen Borte mir zu Häuptern.‹ Ich eilte dorthin und nahm das Messer, indem ich es beim Griff faßte; aber als ich zurücktrat, stolperte mein Fuß, und ich stürzte schwer auf den Jüngling, mit dem Messer in der Hand. Und so erfüllte das Messer rasch das, was in der Ewigkeit geschrieben stand, und drang in das Herz des Jünglings. Er starb sofort, sein Leben war erloschen. Als ich sah, daß ich ihn getötet hatte, schrie ich laut auf, schlug mir das Gesicht, zerriß meine Kleider und sagte: ›Wahrlich, wir sind Allahs Geschöpfe, und zu ihm kehren wir zurück, o ihr Muslime! Dieser Jüngling war von dem Augenblicke der Gefahr, den die Sterndeuter und Weisen für den vierzigsten Tag angegeben hatten, nur noch durch eine Nacht getrennt; und der vorbestimmte Tod dieses Schönen sollte aus meiner Hand kommen. Wollte der Himmel, ich hätte nicht versucht, die Melone zu schneiden. Welch ein Unstern! Welche Trübsal! Doch Allah möge vollenden, was geschehen sollte!‹«

[Märchen aus Tausendundeiner Nacht, Auszug]

Vom Schicksal des tapferen Königssohnes

Es war einmal ein König und eine Königin, die hatten keine Kinder und hätten doch so gerne einen Sohn und oder eine Tochter gehabt. Da ließ der König einen Sterndeuter kommen, der sollte ihm wahrsagen, ob die Königin wohl ein Kind gebären würde. Der Sterndeuter antwortete: »Die Königin wird einen Sohn gebären; wenn er aber erwachsen ist, wird er Euch den Kopf abschneiden.« Da erschrak der König und ließ in einer einsamen Gegend einen hohen Turm bauen ohne Fenster. Als nun die Königin einen Sohn gebar, ließ er ihn mit seiner Amme in den Turm einsperren. Nun lebte das Kind in dem Turm und wuchs einen Tag für zwei und wurde immer stärker und schöner. Er kannte aber nur die Amme und hielt sie für seine Mutter.

Nun begab es sich eines Tages, daß er ein Stück Zicklein aß und darin einen spitzen Knochen fand. Den verwahrte er und fing an, damit zum Spaß die Mauer aufzukratzen. Das Spiel gefiel ihm, und er setzte es fort, bis er ein kleines Loch gebohrt hatte, durch das ein Sonnenstrahl in sein Zimmer fiel. Ganz verwundert grub er weiter und bald war das Loch so groß, daß er den Kopf hinausstecken konnte. Als er nun das schöne Feld mit den tausend Blumen sah und den blauen Himmel und das weite Meer, rief er seine Amme und frug sie, was denn das alles sei. Da erzählte sie ihm von den großen Ländern, die es gebe, und von den schönen Städten, also daß er eine unwiderstehliche Sehnsucht bekam, in das Weite zu ziehen und alle diese Wunder selbst zu sehen.

»Liebe Mutter«, sprach er, »ich halte es in dem finsteren Turm nicht mehr aus, wir wollen fort und die Welt besehen.« »Ach, mein Sohn«, sprach die Amme, »was willst du in die weite Welt ziehen? Hier haben wir es ja gut, wir wollen lieber hier bleiben.« Er bat sie aber inständigst, sie möchte doch mit ihm gehen, und weil sie ihn so lieb hatte und ihm nichts abschlagen konnte, so gab sie denn endlich nach, schnürte ihr Bündelchen und zog mit ihm in die weite Welt.

Als sie viele Tage lang gewandert waren, kamen sie eines Tages in eine ganz einsame Gegend, wo sie nichts zu essen fanden. Da sie nun dem Verschmachten nahe waren, sahen sie in der Ferne ein schönes Schloß und gingen darauf zu, um sich etwas Speise zu erbitten.

Als sie aber an das Schloß kamen, war weit und breit kein Mensch zu sehen. Sie stiegen die Treppe hinauf und schritten durch alle Zimmer, es war aber niemand da. In einem Zimmer war ein Tisch mit köstlichen Speisen gedeckt. »Mutter«, sprach der Königssohn, »es ist ja doch niemand hier. Wir wollen uns hinsetzen und essen.« Also setzten sie sich hin und nahmen von den Speisen, dann betrachteten sie die Zimmer und alle die Reichtümer, die sie enthielten. Auf einmal sah die Amme von weitem eine Schar Räuber kommen. »Ach, mein Sohn«, rief sie, »das sind gewiß die Besitzer dieses Schlosses, wenn sie uns hier finden, so schlagen sie uns gewiß tot.« Da nahm der Königssohn schnell eine Rüstung und legte sie an, nahm das beste Schwert von der Wand, wählte im Stall das beste Pferd und erwartete so bewaffnet die Ankunft der Räuber. Als diese nun näher kamen, begann er zu kämpfen, und weil er so stark war, so schlug er sie alle tot, bis auf den Räuberhauptmann. »Laß mich leben«, rief ihm dieser zu, »so will ich deine Mutter heiraten, und du sollst mein lieber Sohn sein.« Da ließ der Königssohn den Räuberhauptmann leben, und der heiratete die Amme.

Er konnte es aber nicht vergessen, daß ihm der Königssohn alle seine Gefährten umgebracht hatte, und da er sich vor seiner riesenmäßigen Kraft fürchtete, so sann er darauf, wie er ihn durch eine List verderben könnte. Da rief er seine Frau und sprach: »Dein Sohn ist mir zuwider, und ich will ihn mir aus den Augen schaffen. Stelle dich krank und sage ihm, es könnte dich nichts heilen als einige Zitronen, so will ich ihn schon in einen Garten schicken, aus dem er nicht zurückkehren soll.«

Die Amme weinte bitterlich und sprach: »Wie könnte ich meinen Sohn ins Verderben bringen? Laßt ihn doch leben, er hat Euch ja nichts getan.« Der Mann aber drohte ihr:

»Wenn du es nicht tust, so schlage ich Euch beiden den Kopf ab.« Da mußte sie wohl gehorchen und stellte sich krank. »Liebe Mutter, was fehlt Euch?« frug der Königssohn. »Sagt mir doch, ob Ihr nach irgend etwas ein Gelüste habt, so will ich es Euch verschaffen.« »Ach, lieber Sohn«, antwortete sie, »wenn ich nur ein paar Zitronen hätte, so würde ich gewiß genesen.« »Ich will sie Euch holen, liebe Mutter!« rief der Jüngling. »Weißt du, wo du schöne Zitronen findest?« sprach nun der Stiefvater. »Du mußt zu dem fernen Garten gehen«, und wies ihm einen Garten an, der lag weit weg in einer einsamen Gegend und wurde von wilden Tieren bewacht.

Als nun der Königssohn hineindringen wollte, stürzten sich die Tiere auf ihn und wollten ihn zerreißen. Er aber zog sein Schwert und schlug sie alle tot. Dann pflückte er ruhig einige Zitronen und kehrte wohlgemut nach Hause zurück. Als ihn sein Stiefvater kommen sah, erschrak er sehr und frug ihn, wie es ihm ergangen sei. »O«, antwortete der Jüngling, »in dem Garten war eine große Schar wilder Tiere, ich habe sie aber alle getötet.«

Der Räuberhauptmann erschrak noch mehr und konnte den Königssohn immer weniger leiden. Da sprach er wieder zu seiner Frau: »Dein Sohn ist mir zuwider, und ich will ihn mir aus den Augen schaffen. Stelle dich krank und bitte ihn, dir einige Orangen zu holen«. »Nein, nein«, sprach die Amme, »das tue ich nicht wieder. Laßt den armen Jungen doch leben.« Da drohte ihr der Mann, daß sie endlich doch gehorchen mußte und sich krank stellte.

»Liebe Mutter, seid Ihr wieder krank?« frug sie der Königssohn. »Ihr wünscht Euch gewiß irgend etwas. Sagt mir nur was, so will ich es Euch holen.« »Ach, mein Sohn«, antwortete sie, »hätte ich doch nur einige Orangen, um meinen brennenden Durst zu löschen.« »Ist das alles«, rief er, »die will ich Euch schon holen.« Da zeigte ihm der Stiefvater einen anderen Garten, der war von noch wilderen Tieren bewacht, die wollten sich auf ihn werfen und ihn zerreißen. Er aber zog sein Schwert und brachte sie alle um, dann brach er ruhig einige der schönsten Orangen ab und brachte sie seiner Mutter.

Der Räuberhauptmann erschrak über die Maßen, als er ihn kommen sah und er ihm erzählte, wie er die Tiere alle umgebracht habe, und weil er sich vor ihm fürchtete, so wuchs auch sein Haß, und er trachtete nur, wie er ihn loswerden könnte. Da befahl er wieder seiner Frau, sich krank zu stellen, und dann sollte sie dem Königssohne sagen, es könne ihr nichts helfen als ein Fläschchen vom Schweiß der Zauberin Parcemina. Die Amme weinte und wollte es durchaus nicht tun, aber ihr Mann drohte ihr, und sie mußte wohl gehorchen. Da stellte sie sich krank, und als der Königssohn zu ihr kam, stöhnte sie: »Ach, was bin ich so krank, was bin ich so krank.« »Mutter«, sprach der Jüngling, »gibt es denn nichts, das Euch Genesung verschaffen könnte? Sagt es mir doch, so will ich die ganze, weite Welt durchwandern und es suchen.« »Ach, mein Sohn«, antwortete die Amme, »wohl gibt es ein Mittel. Hätte ich ein Fläschchen von dem Schweiß der Zauberin Parcemina, so würde ich wohl genesen.« »Mutter«, rief er, »ich will ausziehen und das Mittel suchen, und wenn es irgendwo in der Welt zu finden ist, so will ich es Euch bringen.«

Da zog er fort, und weil er den Weg nicht wußte, so wanderte er aufs Geratewohl viele Tage lang, bis er in einen finstern Wald kam. Dort verirrte er sich, und als es Abend wurde, fand er keinen Ausweg mehr. Auf einmal erblickte er in der Ferne ein Licht, und als er sich näherte, sah er eine kleine

Hütte, darin wohnte ein Einsiedler. Er klopfte an, und ein ganz alter Mann öffnete ihm und frug nach seinem Begehr.

»Ach, Vater«, antwortete er, »ich habe mich verirrt und bitte Euch nun, laßt mich die Nacht hier zubringen.« »O mein Sohn«, antwortete der Alte, »wie kommst du denn in diese Wildnis zu dieser Stunde?« »Meine Mutter ist krank«, erwiderte er, »und nichts kann ihr helfen als ein Fläschchen vom Schweiß der Zauberin Parcemina. So bin ich denn ausgezogen, es ihr zu holen.« »O mein Sohn, laß ab von deinem törichten Vorhaben«, sagte der Alte. »So viele Prinzen haben es schon versucht, und keiner ist zurückgekehrt.«

Der Königssohn aber ließ sich nicht überreden, und als der Morgen graute, wollte er wieder von dannen ziehen. Da gab ihm der Einsiedler eine Kastanie und ein Fläschchen und sprach zu ihm: »Ich kann dir nicht raten und helfen, eine Tagesreise weiter im Walde wohnt aber mein älterer Bruder, der kann dir vielleicht etwas sagen. Diese Kastanie aber verwahre wohl, sie wird dir einst nützen. Wenn es dir gelingt, den Schweiß zu finden, so bringe auch mir ein Fläschchen davon mit.« Dann gab er ihm seinen Segen und ließ ihn ziehen.

Nachdem er den ganzen Tag gewandert war, sah er am Abend wieder in der Ferne ein Licht, und als er näher ging, sah er die Hütte, in welcher der zweite Einsiedler wohnte. Da klopfte er an, und der Einsiedler öffnete ihm, der war noch älter als der erste. Da erzählte ihm der Königssohn, warum er in dem finstern Walde umherwanderte, und auf alle Weise versuchte ihn der Einsiedler von seinem Vorhaben abzubringen, aber vergebens. Am nächsten Morgen sprach nun der Einsiedler: »Ich kann dir nicht helfen; eine Tagesreise tiefer im Wald wohnt aber mein Bruder, der ist noch viel älter als ich, der kann dir vielleicht raten. Nimm diese Kastanie und verwahre sie wohl, sie wird dir einst nützen. Und wenn es dir gelingt, den Schweiß der Zauberin Parcemina zu erlangen, so bringe auch mir ein Fläschchen voll mit.« Damit gab er ihm eine Kastanie, ein Fläschchen und seinen Segen und ließ ihn ziehen.

Spät am Abend kam der Königssohn wiederum zu einem Einsiedler, der war noch viel älter als seine Brüder und hatte einen großen weißen Bart. Als er nun hörte, wohin der Jüngling gehen wollte, versuchte auch er es, ihn von seinem Vorhaben abzubringen, aber vergebens; der Königssohn wollte nicht ohne den Schweiß der Zauberin Parcemina nach Hause zurückkehren.

Als ihn nun der Einsiedler am nächsten Morgen wieder entließ, gab auch er ihm eine Kastanie und ein Fläschchen und verwies ihn an seinen vierten Bruder, der wohnte noch eine Tagesreise tiefer im Wald.

Da wanderte der Königssohn wieder einen ganzen Tag in den Wald hinein, und als es Abend wurde, kam er zum vierten Einsiedler. Der wohnte nicht einmal in einer Hütte, sondern in einem Korbe, der zwischen den Zweigen eines hohen Baumes hing, und er war so steinalt, daß sein langer weißer Bart über den Korb hinaushing und fast bis an die Erde reichte. Auch er fragte den Königssohn nach seinem Begehr, und der Jüngling erzählte ihm, warum er so weit her gewandert sei. »Lagere dich unter den Baum«, sprach der Einsiedler, »morgen früh will ich dir sagen, was du zu tun hast.«

Am nächsten Morgen weckte der Einsiedler den Königssohn und sprach zu ihm: »Willst du denn durchaus dein Glück versuchen, so gehe mit Gott. Sieh jenen steilen Berg, den mußt du ersteigen. Auf dem Gipfel steht ein Garten mit einem Brunnen und dahinter ein wunderschönes Schloß, dessen Türe verschlossen ist. Die Schlüssel aber liegen auf dem Rande des Brunnens. Hole sie und schließe leise die Türe auf, steige die Treppe hinauf und schreite durch alle Zimmer. Hüte dich aber wohl, irgend etwas anzurühren von all den Schätzen, die da umherliegen. Im letzten Zimmer wirst du eine wunderschöne Frau finden, die auf einem Ruhebett liegt und schläft. Das ist die Zaubern Parcemina, und der Schweiß fließt in Strömen von ihrem Gesicht. Knie neben ihr nieder, sammle mit einem Schwämmchen von dem Schweiß und drücke ihn in deine Fläschchen aus. Sobald sie voll sind, so entfliehe, so schnell du kannst. Sei vorsichtig und flink, und Gott sei mir dir.« Damit segnete er ihn, und der Königssohn zog von dannen, dem steilen Berg zu. Je weiter er hinaufstieg, desto steiler wurde der Berg, aber er dachte an seine Mutter und schritt mutig weiter.

Endlich gelangte er auf den Gipfel und fand da alles, wie der Einsiedler ihm vorhergesagt hatte. Also nahm er schnell die Schlüssel von dem Rand des Brunnens, schloß das Tor auf, stieg die Treppe hinauf und schritt eilends durch alle Zimmer. Im letzten Saal fand er die Zauberin Parcemina, die auf einem Ruhebett lag und schlief, und der Schweiß floß in Strömen von ihrem Gesicht. Da kniete er nieder, nahm das Schwämmchen, sammelte damit den Schweiß, der herniederfloß, und drückte ihn schnell in seine Fläschchen aus. Sobald sie voll waren, entfloh er so schnell er konnte. Als er nun das Tor verschloß, erwachte die Zauberin Parcemina und stieß einen durchdringenden Schrei aus, um die anderen Zauberinnen zu wecken. Aber, obgleich sie erwachten, konnten sie doch dem Königssohn nichts anhaben, denn er war mit einigen großen Sätzen den Berg hinuntergesprungen. Zuerst ging er nun wieder zum ältesten Einsiedler und dankte ihm für seine Hilfe. »Höre, mein Sohn«, sprach der Greis, »du kehrst nun zu deinen Eltern zurück, und damit du schneller reisen kannst, gebe ich dir diesen Esel und diesen Quersack. Wenn du nun zu deinem Stiefvater kommst, so wird er in große Wut geraten, daß dir dein Wagestück gelungen ist, und wird dich angreifen. Laß alles ruhig geschehen und bitte ihn nur, wenn er dich umgebracht habe, möge er dich in den Quersack stecken und auf den Esel laden.« Nun setzte sich der Königssohn auf den Esel und ritt nach Hause; im Vorbeireiten aber überbrachte er den drei Einsiedlern ihre Fläschchen.

Als er nun in die Nähe seines Hauses kam, sah ihn der Stiefvater schon von weitem kommen, und ein grimmiger Zorn erfüllte ihn. Drohend näherte er sich ihm und fing an, ihm Vorwürfe zu machen, daß er zu lange ausgeblieben sei. »Vater«, antwortete der Königssohn, »ich sehe es wohl, Ihr könnt mich nicht leiden und wollt Euren Zorn an mir auslassen. So tut denn mit mir, was Ihr wollt, erfüllet mir nur eine Bitte: wenn ich tot bin, so stecket mich in diesen Quersack und bindet mich auf meinem Esel fest, daß er mich in die weite Welt hinaustrage.«

Dann ergab er sich wehrlos seinem Stiefvater, der ihn im Zorn trat und stieß, endlich ihm den Kopf abschnitt und den Körper in lauter kleine Stücke hackte. Als er aber seine Wut gekühlt hatte, dachte er, er könnte wohl den letzten Willen des armen Jünglings erfüllen. Also steckte er alle die Stücke in den Quersack und band ihn auf dem Esel fest. Kaum aber fühlte der Esel seine Last, so rannte er spornstreichs davon und lief ohne Aufhören, bis er zu dem alten Einsiedler kam, der ihn dem Königssohn geschenkt hatte. Der nahm die Stücke aus dem Quersack, legte sie sorgfältig zusammen und machte den Jüngling wieder lebendig. Dann sprach er zu ihm: »Höre, mein Sohn, zu deinen Eltern kannst du nun nicht zurückkehren. Sie sind aber ohnehin nicht deine Eltern. Denn du bist ein Königssohn, und dein Vater herrscht noch in einem weit entfernten Reich. So ziehe nun hin und kehre zu deinen Eltern zurück.«

Da machte sich der Königssohn auf und wanderte, bis er in das Reich seines Vaters kam. Ehe er aber in die Stadt trat, vertauschte er seine Rüstung mit armseligen Lumpen und band sich den Kopf in ein Tuch ein. Dann sagte er zu den Leuten: »Ich habe einen bösen Grind.« Da nannten ihn bald alle Leute den »Grindkopf«.

Als er nun in die Stadt kam, sah er, daß alle Häuser festlich geschmückt waren, und viel Volks zog vor das königliche Schloß. Da frug er einen Mann auf der Straße, was denn los sei. »Heute ist ein großer Festtag«, antwortete der, »denn in einer Stunde wird der König von der Spitze des Turmes ein weißes Tuch herabflattern lassen, und auf wen das Tuch sich legen wird, der soll die Königstochter heiraten.« Da erfuhr der Königssohn erst, daß er eine Schwester habe, er ließ sich aber nichts merken, sondern sagte nur: »So? Da will ich auch hingehen und sehen, ob das Tuch vielleicht auf mich herniederschweben wird.«

Die Leute lachten ihn aus und riefen: »Nein, seht doch, da will der Grindkopf die schöne Königstochter heiraten.« Er aber kehrte sich nicht daran, sondern mischte sich unter das Volk; und siehe da, als der König das weiße Tuch herabwarf, blieb es auf dem schmutzigen Grindkopf liegen. Da wurde er vor den König gebracht, und ob die Königstochter auch weinte, so mußte sie ihn doch zum Manne nehmen, und das Hochzeitsfest sollte am Abend gefeiert werden.

Der Königssohn aber ging zum Geistlichen und sprach: »Ehrwürdiger Herr, Ihr sollt mich heut abend mit der Königstochter trauen, sprecht aber die bindende Formel nicht aus; denn im Vertrauen will ich es Euch sagen, daß sie meine Schwester ist. Verratet mich aber nicht, denn der Augenblick ist noch nicht gekommen, wo ich mich zu erkennen geben kann.«

Am Abend wurde die Hochzeit gefeiert, der Königssohn aber blieb in seinen schmutzigen Lumpen und wollte sich weder waschen noch sauber anziehen. Als nun das junge Paar in die Kammer geführt wurde, brummte er: »Auf einem so feinen Bett kann ich nicht schlafen; werft mir hier auf den Boden eine Matratze hin.« Da taten sie ihm den Willen, und er schlief immer auf seiner Matratze.

Nun begab sich eines Tages, daß ein Krieg ausbrach, und vor den Toren der Stadt lagen die Feinde, und es sollte eine Schlacht geschlagen werden. Da zog der alte König auch in die Schlacht, und die Königstochter sprach zum Königssohn: »Meine Mutter und ich wollen der Schlacht von den Mauern aus zusehen; willst du nicht mitkommen?« »Laß mich doch in Ruhe«, brummte er, »es ist mir ohnehin einerlei, wer den Sieg erringt.« Kaum aber waren sie fort, so biß der Königssohn eine der Kastanien auf, welche ihm die Einsiedler gegeben hatten und fand darin eine vollständige Rüstung, wie man sie nirgends schöner sehen konnte und ein Pferd, wie es der König nicht besser hatte. Da wusch er sich, legte die Rüstung an und stürmte hinaus in die Schlacht, wo die Truppen des Königs schon anfingen zu weichen. Doch sein Erscheinen erfüllte die Ritter mit neuem Mut und die Feinde wurden geschlagen. Als aber der König den fremden Ritter zu sich beschied, um ihm für seine Hilfe zu danken, war derselbe verschwunden; und der Königssohn saß wieder in seinem Winkel, in seine schmutzigen Lumpen gehüllt.

Am andern Tage kamen die Feinde mit neuen Kräften wieder, und der König mußte ihnen nochmals eine Schlacht liefern. Die Königstochter ging mit ihrer Mutter wieder auf die Mauer, und kaum waren sie alle fort, so biß der Königssohn seine zweite Kastanie auf und fand darin eine Rüstung und ein Pferd, die waren noch schöner als die vom Tage zuvor. Nun stürmte er wieder in die Schlacht, und auch heute entschied erst sein Erscheinen den Sieg zugunsten des Königs. Nach der Schlacht verschwand er ebenso spurlos wie am ersten Tage. Es hatte ihn aber eine Lanze am Bein verwundet. Am Abend nun bemerkte die Königstochter, daß der Grindkopf sein Bein verband, und frug ihn, was er da habe. »Nichts«, antwortete er, »ich habe mich gestoßen.« Sie erzählte es aber am andern Tage ihren Eltern und sprach: »Sollte das nicht der unbekannte Ritter sein, der uns so treulich geholfen hat?« Der König und die Königin aber lachten sie aus.

Nun mußte der König zum drittenmal seinen Feinden eine Schlacht liefern, und als alle fort waren, biß der Königssohn schnell die dritte Kastanie auf und fand darin eine Rüstung und ein Pferd, die waren noch die allerschönsten. Als er in der Schlacht erschien, wurde wieder das Glück dem Könige günstig, und er schlug die Feinde so gut, daß sie nicht wiederkamen. Der fremde Ritter jedoch verschwand ebenso schnell als an den beiden ersten Tagen.

Am Abend war ein großes Fest am Hofe, um die herrlichen Siege zu feiern, und die Königstochter schmückte sich auch und sprach zum Grindkopf: »Da sind königliche Kleider für dich; willst du dich nicht schmücken und auch zum Fest kommen?« »Laß mich in Ruhe«, brummte er, »was soll ich auf Euren Festen?« Kaum aber war sie fort, so wusch er sich, legte die königlichen Kleider an und trat in den erleuchteten Saal, und da war er ein so schöner Jüngling, daß ihn alle ganz verwundert anschauten. Da trat er zum König und sprach: »Ich bin der schmutzige Grindkopf; ich bin aber auch der unbekannte Ritter, der dreimal in der Schlacht erschienen ist.« Da umarmte ihn der König und dankte ihm, er aber sprach: »Ich bin auch zugleich Euer Sohn, lieber Vater.« Da erschrak der König und sprach: »Wie konntest du dann die Sünde begehen, deine Schwester zu heiraten?« Er aber antwortete: »Beruhigt Euch, lieber Vater, ich bin mit meiner Schwester nicht verheiratet, der Pater kann es Euch bezeugen.« Als nun der Geistliche es bezeugt hatte, war die Freude erst recht groß, und der König und die Königin freuten sich sehr über ihren schönen Sohn. Da lebten sie glücklich und zufrieden, wir aber gehen leer aus.

[Sizilianisches Märchen]

Die Rätselwette

Es war einst eine Königin unten bei Theben, die saß am Wege auf einem Felsen und gab allen, die dort vorüberkamen, drei Rätsel auf. Sie verkündete, daß sie denjenigen, der dies Rätsel zu lösen vermöchte, werde vorüberziehen lassen, ohne ihm etwas anzuhaben, ja, daß sie bereit sei, denselben zum Manne zu nehmen; wer sie aber nicht erraten könne, den werde sie fressen. Viele zogen dort vorbei, aber keiner vermochte die Rätsel zu lösen.

Da hörte ein junger Prinz von dieser Königin, und weil dieselbe, wie es hieß, von hoher Schönheit war, so beschloß er an dem Felsen, auf welchem sie saß, vorüberzugehen, indem er hoffte, ihre Hand gewinnen zu können. Sein Vater versuchte ihn zurückzuhalten, allein der Sohn hörte nicht auf ihn und machte sich zu jener Königin auf den Weg. Als diese den Ankömmling erblickte, sprach sie zu ihm:

»Ach du armer! Du bist ein so schöner Jüngling und willst dich ins Verderben stürzen? Kehre zurück zu deinem Vater! Schon so viele sind hier vorbeigekommen, aber keiner ist im Stande gewesen, die Rätsel zu lösen. Wirst du sie erraten können?«

Da entgegnete der Jüngling: »Laß dich das nicht kümmern! Ich hoffe sie zu erraten.«

Da sagte sie ihm das erste Rätsel. Dieses lautete: »Welches ist das Ding, das, was es erzeugt, verzehrt? Es erzeugt Kinder und verzehrt sie wieder.«

Da antwortete jener: »Ei, Frau Königin, das ist ja sehr leicht zu erraten. Das ist das Meer: dieses verzehrt seine eigenen Kinder, denn aus dem Meere entstehen die Flüsse, und ins Meer fallen sie zurück.«

Da sprach die Königin: »So ist's. Nun will ich dir das zweite Rätsel vorlegen.« Dasselbe lautete: »Welches ist das Ding, das weiß und schwarz aussieht und nimmer altert?«

»Ei«, sagte der Jüngling, »auch dies ist nicht schwer. Das ist die Zeit. Diese sieht weiß und schwarz aus, denn sie ist nichts anderes als Tag und Nacht; diese altert auch nie, denn seit die Welt steht, ist sie und wird sein bis an der Welt Ende.«

»Richtig«, sagte die Königin. »Aber jetzt will ich dir das dritte Rätsel vorlegen, das wirst du nicht zu lösen vermögen.«

»Wir wollen sehen,« antwortete der Prinz; »sag mir's nur.« Nun sagte sie ihm das dritte Rätsel, das also lautete:

»Welches ist das Ding, das anfangs auf vier Beinen geht, dann auf zweien und zuletzt auf dreien?«

Da sagte jener: » Das ist das leichteste von allen. Das ist der Mensch. Wenn dieser klein ist und zu laufen anfängt, kriecht er auf allen vieren; wird er größer, so geht er auf seinen zwei Beinen, und wenn er ins Alter kommt und sich ohne Stütze nicht mehr aufrecht halten kann, so nimmt er einen Stab zur Hilfe und geht nun also auf drei Beinen einher.«

[Griechisches Märchen]

Der Fisch und der Ring

Einst lebte im Norden Englands ein mächtiger Baron, welcher ein großer und weiser Zauberer war, der in die Zukunft sehen und das Schicksal weissagen konnte. So las er eines Tages, als sein kleiner Junge vier Jahre alt war, im Buch des Schicksals, um daraus zu erfahren, welches Schicksal dem Kinde bestimmt war. Zu seinem Ärger stand dort geschrieben, daß sein Sohn einst eine niedrige Magd heiraten würde, welche gerade in einem Hüttchen dort im Schatten des Münsters von York geboren worden war.

Nun wußte der Baron, daß der Vater des kleinen Mädchens sehr, sehr arm war und schon fünf Kinder hatte. So ließ er sein Pferd satteln, ritt nach York und ging zu des Vaters Haus, sah diesen an der Türe sitzen, traurig und trübselig. Er stieg vom Pferd, ging auf ihn zu und sprach: »Was ist mit dir los, guter Mann?«

Der Mann erwiderte: »Nun, mein Herr, ich habe bereits fünf Kinder, wir haben aber eben ein sechstes bekommen, ein Mädchen. Wo soll ich nun das Brot hernehmen, um alle hungrigen Mäuler zu stopfen? Ach seht, das weiß ich nicht!«

»Seid nicht so entmutigt, lieber Mann!« sagte der Baron. »Wenn dies deine Sorgen sind, so kann ich dir helfen. Ich nehme das letzte Kindlein zu mir, so brauchst du dir wenigstens um jenes keine Sorgen mehr zu machen.«

»Vielen herzlichen Dank, mein Herr!« sagte der Mann, und er ging hinein und brachte das kleine Mädchen heraus und gab es dem Baron, der sein Pferd bestieg und mit ihr wegritt. Als er an das Ufer des Flusses Duse kam, warf er das Kind in den Fluß und ritt auf und davon in sein Schloß. Aber das kleine Mädchen versank nicht, ja, da es Kleidchen trug, trieb es eine Zeitlang auf dem Wasser dahin, es schwamm und schwamm, bis es gerade vor einer Fischerhütte ans Ufer geworfen wurde. Dort fand der Fischer es und hatte Mitleid mit dem kleinen, armen Kind und nahm es mit in sein Haus. Dort lebte es, bis es fünfzehn Jahre alt wurde und zu einem schönen, jungen Mädchen herangewachsen war.

Eines Tages ereignete es sich zufällig, daß der Baron mit seinen Freunden an den Ufern des Flusses Duse zum Jagen ging und bei der Fischerhütte anhielt, um etwas zu trinken, und eben dieses Mädchen aus der Hütte kam und ihnen den Trunk brachte. Sie alle sahen seine Schönheit und staunten, und einer von ihnen sagte zu dem Baron:

»Du kannst im Buch des Schicksals lesen, wen es einst zum Gemahl erwählen wird, nicht wahr?«

»Oh, nichts leichter als dies! Wer könnte es anders sein, als dieser oder jener Bauerntölpel? Aber ich will ihm ein Horoskop stellen. Komm her, mein Mädel, sage mir, an welchem Tage du geboren bist!« sagte der Baron.

»Ich weiß es nicht, mein Herr! Ich wurde gerade hier gefunden, nachdem mich der Fluß vor fünfzehn Jahren hierher getragen hatte.«

Nun erkannte der Baron, wer es sei, und als jene gegangen waren, ritt er zurück und sprach zu dem Mädchen:

»Höre zu, mein Mädel, du sollst durch mich dein Glück machen. Nimm diesen Brief und bringe ihn zu meinem Bruder nach Scarborough und dein Glück wird dadurch fest geschmiedet sein!«

Und das Mädchen nahm den Brief und sagte, es würde gehen. So lautete aber der Text des Briefes:

»Lieber Bruder!
Nimm das Mädchen, das dir diesen Brief überbringt, und töte es sofort! Ganz herzlichst,
Dein Bruder Humphrey.«

Kurz nachdem das Mädchen sich nach Scarborough aufgemacht hatte, übernachtete es in einem kleinen Wirtshaus. Nun geschah es, daß gerade in jener Nacht eine Bande von Räubern in das Wirtshaus einbrach und das Mädchen durchsuchte, das kein Geld, aber den Brief bei sich trug! Die Räuber öffneten diesen, und als sie ihn lasen, fanden sie alle, daß es eine Schande sei, daß das schöne Mädchen getötet werden sollte.

Der Anführer der Bande nahm eine Feder und Papier und schrieb folgenden Brief:

»Lieber Bruder!
Nimm das Mädchen, das dir diesen Brief überbringt, und vermähle es sofort mit meinem Sohn! Ganz herzlichst,
Dein Bruder Humphrey.«

Dann gaben sie diesen dem Mädchen und befahlen ihm, sich auf den Weg zu machen.

So ging es weiter zu dem Bruder des Barons nach Scarborough, einem edlen Ritter, bei dem auch der Sohn des Barons wohnte. Als es den Brief dem Bruder gegeben hatte, ließ dieser sofort die Hochzeit vorbereiten, und so kam es, daß das Mädchen und der Sohn des Barons noch an demselben Tage Hochzeit hielten!

Bald danach kam der Baron selbst auf des Bruders Schloß, und wie groß war seine Überraschung, als er sah, daß gerade jenes schicksalhafte Ereignis, das er zu verhindern getrachtet hatte, nun tatsächlich eingetreten war. Aber er war nicht der Mann, der sich zugleich geschlagen gab, und er nahm das Mädchen – wie er sagte – mit auf einen kleinen Spaziergang an der steilen Felsenküste entlang. Und als er mit ihm alleine war, packte er es am Arm und wollte es gerade vom Felsen hinabstürzen. Es aber bat ihn flehentlich um sein junges Leben: »Ich habe Euch nichts Böses getan! Wenn Ihr mir nur mein Leben schenktet, so will ich tun, war immer Ihr von mir wollt! Ich werde weder Euch noch Euren Sohn jemals wiedersehen, außer Ihr wünschtet es!«

Da nahm der Baron seinen Goldring vom Finger und warf ihn in das tiefe Meer und sprach: »Komme mir nie mehr vor mein Angesicht – außer du kannst mir diesen Ring vorzeigen!« Und damit ließ er es gehen.

Das arme Mädchen wanderte und wanderte in die weite Welt, bis es zuletzt zu dem Schloß eines berühmten Edelmannes kam. Dort bat es um Arbeit, und sie stellten es als Küchenmagd ein, denn eine solche Arbeit war es von seiner Zeit in der Fischerhütte her gewohnt.

Nun, eines Tages, wer kam zum Haus des Edelmanns? Es war niemand anders als der Baron, sein Bruder und sein Sohn: ihr Gemahl! Es wußte nicht, was es tun sollte, aber es dachte, sie würden es in der Küche wohl nicht sehen.

So ging es mit einem Seufzer an seine Arbeit zurück und machte sich daran, einen riesigen Fisch zu säubern, der für das Abendessen gekocht werden sollte. Und – als es denselben putzte, sah es im Innern des Fisches etwas Helles schimmern und scheinen, und was, denkt ihr, fand es? Nun, stellt Euch vor, es war der Ring des Barons, derselbe, den er bei Scarborough über die Felsen ins Meer geworfen hatte. Es freute sich über die Maßen, daß es den Ring entdeckt hatte, das könnt ihr mir glauben! Dann kochte es den Fisch und bereitete ihn aufs Köstlichste zu und servierte ihn den Gästen. Nun, als der Fisch auf die Tafel kam, mundete er den Gästen so gut, daß diese den Edelmann fragten, wer ihn gekocht hätte. Er sagte, er wüßte es nicht, aber er ließ seine Diener rufen. »He, schickt mir den Koch, der den feinen Fisch zubereitet hat!« So gingen sie zur Küche hinunter und erzählten dem Mädchen, daß es im Festsaal gewünscht würde. Sodann schmückte es sich und steckte den goldenen Ring des Barons an seinen Finger und ging hinauf in den Festsaal. Als die Gäste, die so fürstlich tafelten, solch eine junge und schöne Köchin sahen, waren sie sehr überrascht. Aber der Baron wurde bleich vor Wut und erhob sich, als ob er ihr Gewalt antun wollte. Sie aber ging auf ihn zu, hielt ihre Hand mit dem Ring schützend vor sich, und als sie vor ihm stand, legte sie ihre Hand mit dem Ring vor ihn auf den Tisch.

Da endlich sah der Baron ein, daß niemand gegen sein vorherbestimmtes Schicksal ankämpfen könne. Er führte sie zu einem Sessel und verkündete der versammelten Festgesellschaft, daß sie die rechte Gemahlin seines Sohnes sei. Und er nahm sie und seinen Sohn mit nach Hause auf sein Schloß. Wenn sie nicht gestorben sind, so leben sie noch heute.

[Englisches Märchen]
[Übersetzt von Barbara Stamer]

Der halbe Mann und der Gott des Schicksals

Es lebte einmal ein Mann, der hatte alles nur halb, was andere ganz haben, und er war verzweifelt über sein Geschick. Nun erfuhr der Halbe, wo der Gott des Schicksals seine Wohnstätte hatte, und er machte sich auf, um für eine Wandlung bei dem Schicksal zu klagen.

Er wanderte über Berge und durch die Täler, durch glühende Hitze und prasselnden Regen, und endlich kam der Halbe in das Tal, in dem der Palast des Schicksalsgottes stand.

Und der Gott des Schicksals trat ihm unter dem Torbogen entgegen und fragte den Halben nach seinem Begehr. Da fiel der Halbe vor dem Gott des Schicksals auf die Knie und rief: »Ach Herr, alle Menschen sind ganz und nicht halb. Gib mir doch ein anderes Schicksal!«

Da griff der Gott des Schicksals hinter sich, gab dem Halben ein Bündel und sprach: »Nimm hin, aber wisse, auch ich greife nur blind in meine Bündel.«

Und der Halbe machte sich auf den langen, beschwerlichen Heimweg, und als er zu Hause das Schicksalsbündel öffnete, siehe, da fand er wiederum nur einen halben Menschen darin. Da knotete er das Bündel zusammen und machte sich auf den langen, beschwerlichen Weg zu dem Palaste des Schicksalsgottes. Und er klagte wiederum vor diesem.

»Oh Herr, in dem Bündel ist wiederum nur ein halber Mensch.«

Da legte der Gott des Schicksals das Bündel zur Seite, griff hinter sich und gab dem Halben ein neues Bündel, und er sprach wiederum: »Nimm hin, aber wisse, auch ich greife nur blind in meine Bündel.«

Da machte sich der Halbe wiederum auf den langen, beschwerlichen Heimweg. Und als er zu Hause das Schicksalsbündel öffnete, siehe, da fand er wiederum nur einen halben Menschen darin.

Da knotete der das Schicksalsbündel wieder zusammen, und er wanderte wiederum zum Schicksalspalast und klagte voller Verzweiflung: »Oh Herr, in dem Bündel ist wiederum nur ein halber Mensch!«

Da legte der Gott des Schicksals das Bündel zur Seite, nahm von ganz hinten ein neues Bündel und gab es dem Halben und sprach: »Nimm hin, aber wisse, ich greife immer blind in meine Bündel.«

Da machte sich der Halbe wiederum auf den langen, langen beschwerlichen Heimweg. Und als er zu Hause das Bündel öffnete, siehe, da fand er zum dritten Mal einen halben Menschen darin. Da ergab er sich in sein Schicksal, und von da an war es ihm nur noch halb so schwer.

[Ceylonesisches Märchen]

Das schlafende Schicksal

Es war einmal ein Mann, der war verheiratet und hatte zwölf Kinder. Das war aber alles, was er besaß. Sonst hatte er nichts und war blutarm.

Vergeblich sann er Tag und Nacht, vor seiner Tür sitzend, darüber nach, wie er seinem Elend entrinnen könnte. Es wollte ihm aber kein Ausweg einfallen. Die Kinder schrien nach Brot, daß es ein Jammer war, und der arme Vater wußte sich vor Not und Kummer nicht zu helfen.

»Was ist das für ein grausamer Gott«, klagte er, »der mir zwölf Kinder schenkt und mich keinen Bissen Brot verdienen läßt, um sie zu ernähren!«

Ein Nachbar, der ihn im Vorübergehen so reden hörte, trat mitleidig heran und gab ihm ein Brot. »Freund«, sprach er dabei, »über dir waltet ein böses Schicksal. Oder besser: es scheint dich ganz und gar vergessen zu haben.«

Dem Mann gingen diese Worte beständig im Kopf herum. »Kein Zweifel«, sagte er sich. »Es ist das Schicksal, das an meinem Jammer schuld ist.« Und so beschloß er eines Tages, auszuziehen, um es aufzusuchen und zur Rede zu stellen.

Auf dem Wege begegnete er einem Kamel. Es schleppte sich mühsam unter der schweren Last von zwei gefüllten Säkken voran.

»Wohin wanderst du?« fragte das Kamel.

»Ich gehe, mein Schicksal zu suchen«, sprach der Mann. »Ich will es fragen, warum es mich so ganz aus den Augen verloren hat!«

»Wenn du das Schicksal findest, könntest du mir einen Gefallen tun«, sagte das Kamel. »Frage es doch, weshalb ich schon seit zwölf Jahren diese schwere Last auf meinem

Rücken tragen muß! Sie hindert mich am Gehen, am Fressen und Niederlegen. Man wird ja ganz verdrossen, wenn man nicht einmal weiß, wo die Last hingehört.«

»Das will ich gerne tun«, erwiderte der Mann und schritt weiter. Am nächsten Tag sah er im Schilf ein Krokodil.

»Wohin des Wegs?« fragte das Krokodil den Wanderer.

»Ich gehe, mein Schicksal zu suchen, und ich will es fragen, warum es mich so ganz vergessen hat.«

»Hm«, brummte das Krokodil. »Da könntest du mir einen Gefallen tun. Frag doch das Schicksal mal, warum ich seit zwölf Jahren immer so ein schreckliches Brennen in meinem Schlund spüre! Würdest du das wohl tun?«

»Recht gern«, erwiderte der Mann und nahm den Weg unter die Füße.

Nach einer Weile begegnete er einem Tiger. Er hinkte und stöhnte bei jedem Schritt vor Schmerzen.

»Wohin führt dich dein Weg?« fragte der Tiger.

»Ich gehe, mein Schicksal zu suchen; denn ich will es fragen, warum ich so arm bin und bleibe.«

»Und wo meinst du das Schicksal zu finden?« fragte der Tiger.

»Man hat mir gesagt«, erwiderte der Arme, »daß es sehr, sehr weit bis zu seiner Behausung ist. Sie soll hinter dem Monde liegen. Aber wenn ich auch ein ganzes Jahr wandern muß, ich werde es schon finden. Und wehe, wenn es schläft! Ich werde es mit diesem Wanderstab aufwecken.« Und er schwang den derben Stock, auf den er sich beim Gehen stützte.

»Sollte dir das gelingen«, sprach der Tiger, »könntest du mir einen Gefallen tun. Frag doch das Schicksal mal, warum ich seit zwölf Jahren mit diesem Dorn im Fuß herumhinken muß! Er hat sich bisher auf keine Weise entfernen lassen.«

»Fragen will ich gern«, entgegnete der Mann und setzte seine Wanderung unverdrossen fort.

Es dauerte eine lange, lange Zeit. Aber endlich erreichte er doch den Ort, wo sich die Schicksale aufhalten. Da sah der Arme, daß einige von ihnen aufrecht standen. Andere saßen oder lagerten auf der Erde. Eine der grauen Gestalten aber kauerte in einer Ecke, schlief fest und schnarchte.

Der Mann schritt darauf zu und versetzte dem schlummernden Schicksal ein paar kräftige Hiebe. Und siehe, es fuhr erschrocken aus seinem Schlaf empor.

»Warum schlägst du mich so unbarmherzig?« fragte es aufspringend.

»Weil meine armen Kinder Hungers sterben, wenn du noch länger schläfst«, erwiderte der Mann böse. »Reib dir den Schlaf aus den Augen, oder ich komme noch einmal!«

»Ich hab' ja nur zwölf Jahre geschlafen«, entschuldigte sich das Schicksal. »Aber nun will ich dafür auch recht munter werden. Da wird es dir wohl besser gehen.«

»Das will ich hoffen«, versetzte der Mann. »Aber höre! Als ich hierherging, traf ich unterwegs ein Kamel, das schon seit zwölf Jahren zwei schwere Säcke auf dem Rücken trägt und deshalb kaum fressen, gehen und ruhen kann. Weißt du nicht, wie ihm zu helfen ist?«

»Nichts leichter als das«, sprach das Schicksal. »Dem Kamel kann geholfen werden. Nimm ihm die Säcke ab und schaffe sie in dein Haus. Sie sind mit Gold und Silber gefüllt, das einem Kaufmann gehörte. Er kam vor zwölf Jahren ums Leben und hat keine Angehörigen.«

»Ich habe aber auch ein Krokodil getroffen«, fuhr der Wandersmann fort. »Es klagt über heftiges Brennen in seinem Schlund. Weißt du da Rat?«

»Ei freilich«, sagte das Schicksal. »Das Tier hat einen großen Rubin verschluckt. Der ist ihm im Halse steckengeblieben. Du brauchst ihn bloß mit der Hand herauszunehmen, und das Krokodil wird wieder kregel und gesund sein.«

»Schließlich traf ich einen Tiger«, erzählte der Mann. »Er hat sich vor zwölf Jahren einen Dorn in den Fuß gerissen, und keiner hat ihn bisher entfernen können. Wie kann ihm geholfen werden?«

»Du mußt den Dorn mit deinen Zähnen herausziehen«, sagte das Schicksal. »Mit den Zähnen, wohlverstanden! Das ist sehr wichtig.«

Da wußte der Mann genug ... »Ich mache mich nun auf den Heimweg«, erklärte er. »Aber hüte dich, noch einmal einzuschlafen!«

Und nachdem er noch einmal mit seinem Stab zurückgedroht hatte, zog er von dannen. Nicht lange, so traf er den Tiger, der noch immer heulend vor Schmerzen am Wege lag.

»Nun, hast du das Schicksal gefunden?« rief er dem Manne zu.

»Hast du etwas anderes erwartet?« fragte der zurück. »Und ich weiß auch, wie dir zu helfen ist. Der Dorn, der in deinem Fuß steckt, muß mit den Zähnen ausgezogen werden. Reiche mit also deine Pfote mal her! Ich habe nicht lange Zeit, denn meine Kinder hungern, und der Weg ist noch weit ...«

Der Tiger tat, wie ihm geheißen, und der Mann zog mit seinen Zähnen den Dorn aus der Pfote.

»O wie froh bin ich!« rief der Tiger, indem er aufsprang. »Du sollst mich auch nicht undankbar finden. Folge mir!« Und er führte den Mann in seine Höhle, wo er aus Raubzügen und Überfällen zahllose Kleinodien aufgespeichert hatte.

»Fülle deine Taschen damit!« befahl er seinem Retter.

Der Mann ließ sich das nicht zweimal sagen und nahm, was seine Taschen nur fassen konnten. Dann bedankte er sich bei dem Tiger und setzte seinen Weg fort.

Im Schilf des Flußufers traf er das Krokodil. »Nun, hast du das Schicksal gefunden?« fragte ihn das Krokodil. »Was hat es denn zu meinem Fall gesagt?«

»Es sagt, daß du einen großen Rubin im Schlunde stecken hast. Reiß dein Maul auf! Ich soll ihn herausnehmen!«

Das Tier sperrte seinen Rachen auf, so weit es nur ging,

und furchtlos griff unser Schicksalssucher hinein. Kaum hatte er den Rubin herausgenommen, als sich das Krokodil von seinen Schmerzen befreit fühlte! Vor lauter Freude knirschte es mit den Zähnen.

»Behalte den Rubin zum Andenken«, sprach das Tier. »Ein Radscha hat ihn im Bade verloren, ich erinnere mich wohl. Ich habe ihn damals beim Trinken verschluckt.«

Vergnügt schritt der Mann weiter. Er merkte wohl, daß sein Schicksal aus dem langen Schlaf erwacht war.

Schließlich traf er das Kamel. »Nun, hast du erreicht«, fragte es, »was du wolltest?«

»Gewiß doch«, versetzte der Gefragte. »Ich habe es mit meinem Stab aufgeweckt und munter gemacht.«

»Großartig! Und hast du gefragt, wohin ich meine Last tragen soll?«

»Du sollst mit mir kommen und sie in mein Haus bringen«, versetzte der Mann. »Dort werde ich sie dir abnehmen. Dann kannst du unbeschwert deines Weges ziehen.« So geschah es denn auch. An der Tür seiner Hütte nahm der Mann, der auszog, sein Schicksal zu suchen, dem Kamel die schweren Säcke ab, und mit freudigen Sprüngen rannte es davon. »Ei, nun will ich fröhlich fressen, saufen, schlafen und herumstreifen!« rief das Kamel zurück. »Wie leicht lebt es sich ohne Lasten!«

Der Mann aber holte sein Weib und seine zwölf Kinder herbei. Sie mußten alle helfen, die Säcke ins Haus zu schaffen. Das ging wie von selber; denn nun waren sie reiche Leute geworden und konnten fortan herrlich und in Freuden leben.

Wir wollen nur wünschen, daß das Schicksal des Mannes immer munter geblieben ist und nie mehr Lust zum Einschlafen bekommen hat!

[Märchen aus Afrika]

Das Schloß des Todes

Ein armer Mann hatte viel Kinder und demnach auch viel Gevattersleute. Da schenkte ihm seine Frau in seinen alten Tagen noch ein Knäbchen. Er sprach: »Wüßte ich jetzt nur, wen ich zu Gevatter bitten soll!«

Die Frau sprach: »Den ersten besten, der dir vor der Tür auf der Landstraße begegnet.«

Da ging der Mann hinaus, es war noch ganz früh, so daß die Sonne mit ihm herauskam und schritt auf der Landstraße auf und ab. Kam da ein kleines greisgraues Männchen, das war gar freundlichen Aussehens und fragte den Mann: »Ei, warum schon so früh auf den Beinen?«

»Ich suche einen Gevatter zu meinem Kinde, wollt Ihr mir vielleicht den Gefallen tun?« fragte der Mann, und das Männchen sagte: »Von Herzen gern, sagt mir nur, wann die Taufe ist.«

»Gleich morgen früh, wenn es Euch beliebt.«

»Es ist gut, ich habe dann gerade Geschäfte im nächsten Ort und werde zur rechten Zeit bei Euch sein.«

»Wie heißt Ihr denn, Herr Gevatter?«

»Ich bin der Tod«, antwortete das Männchen lächelnd, grüßte den armen Mann sehr freundlich und ging weiter. Am folgenden Morgen fand es sich zur rechten Stunde ein und hob das Kind aus der Taufe; dann sprach es: »Wenn das Kind vierzehn Jahr alt ist, komme ich wieder, und dann braucht Ihr nicht weiter für dasselbe zu sorgen, im Gegenteil, es wird für Euch sorgen.« Da freuten sich die Leute, dankten dem guten Tod, und er nahm freundlichen Abschied von ihnen.

Als der Knabe vierzehn Jahre alt war, kam der gute Pate, nahm ihn mit sich in den Wald und sprach: »Jetzt will ich dich zum geschicktesten Arzt in der Welt machen, mein liebes Patenkind, höre nur fleißig zu, was ich dir sage. Wenn du zu einem Kranken kommst, und ich stehe zu Häuptern des Bettes, dann sage dreist: ›Hier ist keine Rettung.‹ Stehe ich aber am Fußende, dann mache einen Trank aus süßer Milch und drei Körnlein Salz, und in Zeit von drei Tagen ist der Kranke gesund.«

Der Jüngling dankte dem guten Paten und übte seine neue Kunst sehr eifrig, wurde hochberühmt dadurch und reich dazu. Als des Königs Tochter krank war, heilte er sie und bekam Gold, mehr als ein Pferd ziehen kann, und als er der Königin Tod vorhersagte und sie auch wirklich starb, da gab ihm der König doppelt soviel und heiratete acht Tage darauf eine andre.

Als er schon ein blühender Mann war und in seinen besten Jahren stand, kam er eines Tages durch den Wald, da begegnete ihm sein Pate, und die beiden gingen eine Strecke miteinander fort. An einem Kreuzwege sprach der Tod:

»Ich gehe nun rechts, gehe du links, und es ist dein Glück; bald sehen wir uns wieder.«

»Wohin gehst du denn?« fragte der Arzt.

»Nach Hause, ich habe da zu tun«, antwortete der Tod.

»Dann will ich mit dir gehen, lieber Pate«, sprach der Arzt, »ich habe ja noch nie gesehn, wo du wohnst.«

Der Tod wehrte ihn und bat ihn liebevoll, den anderen Weg einzuschlagen, doch der Arzt ließ sich nicht abweisen und flehte den Tod so lange an, bis dieser sprach: »Wohlan, du kannst mit mir gehn bis an mein Schloß, aber nicht hinein.«

Sie kamen bald auf einen breiten, gar glatten und schönen Weg, der sich weithin in den Wald erstreckte; am Ende desselben stand ein schönes Schloß, daran waren alle Läden geschlossen. Als sie am Tore standen, sprach der Tod:

»Jetzt laß es genug sein, lieber Sohn, und kehre um; tue mir den Gefallen!«

Aber der Arzt war jetzt gerade erst neugierig geworden zu sehn, wie es in des Todes Schloß aussähe, und wie sehr der Tod auch bat, er möge jetzt zurückkehren, er bestand darauf, bis er hineinkam. Da waren alle Zimmer dunkel und voll Lichtchen, eins am andern.

»Was ist das?« frug der Arzt erstaunt, und der Tod erwiderte: »Das sind die Lebenslichter der Menschen.«

»Ach, lieber Pate, wo ist denn meines?« fragte der Arzt, und der Tod antwortete: »Danach frage nicht, das ist dir nicht gut zu wissen.«

Da ging es aber wiederum wie vorher, der Arzt quälte ihn so lange, bis der gute Tod ihm ein ganz kleines Lichtlein zeigte, welches nicht weit vom Verlöschen war.

»Nun gehst du mir aber und bleibst keinen Augenblick mehr«, sprach der Tod ernst, »damit ich hier nicht mein Amt an dir üben muß«, und er führte ihn rasch aus dem Schloß und in den Wald zurück.

Der Arzt eilte nach Hause und wurde noch am selben Abend ernstlich krank. Als er in der Nacht einmal erwachte, schaute er sich im Zimmer um, da stand der Tod zu Häuptern seines Bettes. Da wandte er sich rasch in dem Bette um und streckte dem Tode die Beine entgegen. Ruhig ging der Tod an das andere Ende des Bettes, doch da wandte sich der Arzt abermals und trieb sein Spiel also fort bis gegen Morgen, so daß der Tod trotz all seiner Güte und Freundlichkeit dessen doch endlich müde wurde. »Mit dir einem habe ich mehr Not als mit allen, die ich seit dem Vater Adam geholt habe«, sprach er. »Aber laß uns freundlich scheiden, sage mir, willst du heute noch leben, so gewähre ich es dir gern.«

»Nur noch ein Vaterunser lang«, sagte der Arzt.

»Das sei dir gewährt«, sagte der Tod, der Arzt begann:

»Vater unser, der du bist – so und jetzt bete ich fünfzig

Jahre lang daran.« Da lachte der Tod und sprach: »Ich werde mich hüten, noch einem Doktor meine Kunst zu lehren.«

[Deutsches Märchen]

SCHICKSALSZEICHEN

Zahlreich sind die Schicksalszeichen, die dem Prophet, dem Seher, der Seherin, das Schicksal künden. Viele dieser Zeichen gehen auf die alten Mythen und Orakelriten der Babylonier, Griechen, Römer und Germanen zurück, ihre Bedeutung ist uns heute fremd geworden; in den Volksmärchen sind sie zum Teil erhalten geblieben. Es sind dies das Schicksalsbuch und der Schicksalsbrunnen, in denen das Schicksal zu lesen ist, – der Stand der Sterne, der Vogelflug, das Wachstum des Schicksalsbaumes und das Brennen der Lebensflamme, aus welchem das Schicksal prophezeit wird.

Schicksalszeichen

Glückes Glück

Es war einmal ein König, der hatte einen einzigen Sohn. Als der Knabe schon so herangewachsen war, daß er achtzehn Jahre zählen mochte, mußte sein Vater ins Feld ziehen. Der König sammelte alles taugliche Volk um sich und zog in den Krieg; seinem Sohne aber befahl er, daß er die Herrschaft führe, sich jedoch nicht verheiraten sollte, bis er heimkehre.

So ging und schwand die Zeit. Der Königssohn führte die Herrschaft; ans Heiraten zu denken, kam ihm gar nicht in den Sinn. Aber als er das fünfundzwanzigste Jahr erreicht hatte, fing er an, ans Heiraten zu denken und wurde ganz versessen darauf, kaum konnte er sich noch bezwingen. Er wartete, wartete noch einige Jahre, so daß schon zehn Jahre verflossen waren, seit sein Vater in der Ferne weilte. Dann versammelte er ein großes Gefolge und machte sich mit vielem Gepränge auf die Brautfahrt. Wußte selbst nicht, wohin, wohin – wanderte, wanderte zwanzig ganze Tage hindurch. Da fand er sich dem Feldlager seines Vaters gegenüber, den der Feind schmählich in die Flucht geschlagen hatte. Wie freute sich der König, als er seinen Sohn erblickte! Doch als er hörte, daß dieser gegen sein Gebot auf die Brautwerbung gezogen war und ihn nicht zu Hause erwartet hatte, wurde er sehr zornig, nahm ihm das ganze Gefolge weg und sagte zu seinem Sohn: »Du magst gehen, wohin es dir gefällt, aber mein Volk lasse ich dir nicht.«

Nur ein treuer Jäger blieb bei dem Königssohn; der gehorchte nicht den Worten des Königs. Sie durchwanderten Berge, Täler, wanderten, bis sie zur Goldburg gelangten. Der König der Goldburg hatte eine unbeschreiblich schöne Tochter, und sie gingen, sie anzuschauen.

Wie freudig wurden sie da empfangen! Denn wahrlich, der Königssohn war auch ein schöner Jüngling. Er hielt um die Königstochter an, und sie gaben sie ihm von Herzen gern. Auf der Stelle wurde der Priester gerufen, sie wurden getraut, und das Hochzeitsfest dauerte einen Monat lang. Nach der Hochzeit machten sie sich auf den Heimweg.

Am ersten Abend stiegen sie in einem Gasthause ab. Alle schliefen; nur der treue Jäger hielt Wache. Auf einmal, gegen Mitternacht, hört er, wie drei Krähen auf das Dach des Hauses geflogen kommen und so miteinander reden:

»Wahrlich, ein schönes Paar kehrte hier ein! Nur schade, daß sie so bald ihr junges Leben lassen müssen!«

»Wahrlich«, spricht die zweite Krähe, »denn morgen Mittag mit dem Glockenschlage stürzt die Brücke des Goldstroms unter ihnen zusammen, wenn sie hinüberfahren.« »Ja, sie stürzt ein«, sagte die dritte, »denn des jungen Königs Vater ließ alle Brückenpfeiler durchsägen. Aber hört! Wer diese unsere Rede verrät, der wird zur Salzsäule bis zum Knie.«

Kaum haben die Krähen dies gesagt, so fliegen sie von dannen. Aber ihnen auf dem Fuße folgen drei Tauben und sprechen so:

»Wenn der junge König und die Königin auch ungefährdet über die Brücke kommen, so müssen sie dennoch sterben; denn der alte König schickt ihnen einen Wagen entgegen, der ist so schön, wie aus dem Ei geschält. Aber wenn sie sich hineinsetzen, erhebt sich ein wütender Wirbelwind, der wirbelt sie vom Wagen in die Luft, so daß sie eines schrecklichen Todes sterben müssen. Aber wer diese unsere Rede hört und verrät, der wird sogleich zur Salzsäule bis zum Gürtel.«

Damit fliegen die Tauben schnellen Fluges davon. An ihrer Stelle kommen drei Adler; so sprechen sie:

»Wenn das junge Paar auch der Brücke und dem Wagen entgehen mag, so schickt ihnen der alte König ein Paar goldgestickte Gewänder, daß sie sie anlegen. Wenn sie sie aber antun, dann verbrennen sie mit Haut und Haaren. Aber wer diese unsere Rede hört und verrät, der wird ganzen Leibes zur Salzsäule.«

In der Frühe erheben sich die Reisenden, setzen sich zu Tisch und speisen. Der eine erzählt dies, der andere das, was er zur Nacht geträumt. Da sagt der treue Jäger zu seinem Herrn: »Erhabener Königssohn! Dies träumte mir: Wenn deine Hoheit alle meine Bitten gewährt, so werden wir ungefährdet heimkehren, wenn aber nicht, so werden wir samt und sonders verderben. Meine Träume täuschen mich nie. Versprecht mir, daß Ihr auf der ganzen Reise meinem Rate folgen werdet.«

»Mach nicht so viel aus einem Traum«, sagte der Königssohn. »Träume sind Schäume. Aber ich will dich von unnützer Sorge befreien und versprechen, daß ich dir gehorchen werde.«

Damit endete das Mahl, und sie machten sich auf den Weg. Gegen Mittag langten sie beim Goldstrom an. An der goldenen Brücke sagte der Jäger: »Erhabener Königssohn! Den Wagen lassen wir hier zurück und gehen ein Stückchen zu Fuß. Nicht weit von hier ist die Stadt; dort können wir einen anderen Wagen kaufen; denn die Räder an diesem sind schlecht, und er würde bis zur Stadt unter uns zusammenbrechen. Das wäre schmachvoll für einen König!«

Der Königssohn beschaute den Wagen außen und innen, aber er fand ihn nicht so schlecht, daß man befürchten müßte, er würde zerbrechen. Aber er hatte nun einmal sein Wort gegeben, und dabei blieb es.

Sie stiegen vom Wagen, nahmen das Gepäck herunter und luden es den Pferden auf. Der Königssohn und seine Gemahlin gingen zu Fuß über die Brücke; der Jäger hingegen sagte, er wollte zu Pferde den Fluß durchwaten, damit die Pferde trinken und baden könnten.

Sie kamen auch glücklich ohne allen Schaden hinüber. Keine drei Büchsenschüsse davon lag die Stadt. Dahin gingen sie zu Fuß, kauften dort einen neuen Wagen und setzten ihre Reise fort.

Da erschien vor ihnen ein Bote vom alten König und sprach zum jungen König: »Euer Majestät Vater schickt diesen schönen Wagen, auf daß Euer Majestät darin ihren Einzug in die Heimat halte; denn so ziemt es einem König vor seinem Volke.«

Der junge König freute sich so über den schönen Wagen, daß er kein Wort hervorbringen konnte. Aber der Jäger nahm das Wort:

»Mein Herr, diesen Wagen muß ich erst prüfen, und nur dann werden wir einsteigen, wenn ich ihn tauglich finde; andernfalls bleiben wir in dem unsern.« Auch jetzt widersprach der junge König dem Jäger nicht.

Dieser prüfte den Wagen von allen Seiten und sprach dann: »Ebenso schmuck wie er ist, ebenso schlecht ist er!«

Und damit zertrümmerte er ihn, daß er in tausend Stücke flog.

Sie erreichten nun die Landesgrenze. Da erschien ein zweiter Bote vor ihnen und meldete, daß der alte König seinem Sohne und dessen Gemahlin jedem ein Gewand sende, daß sie es antäten und darin ihren Einzug hielten. Aber auch diese zerstörte der Jäger.

Da ergrimmte der alte König, daß es ihm nicht gelingen wollte, seinen Sohn zu verderben und daß er ihm nun jetzt schon die Herrschaft übergeben sollte. Ihn verlangte zu wissen, durch welche Künste er der Gefahr entronnen sei. Darum sprach er also zu seinem Sohn:

»Mein lieber Sohn, ich freue mich, daß du glücklich heimgekehrt bist; aber ich kann nicht begreifen, daß dir weder der schöne Wagen noch das kostbare Hochzeitsgewand gefallen haben. Ja, du ließest sie sogar vernichten. Womit habe ich das von dir verdient?«

Darauf begann der junge König sich zu entschuldigen: »Mein erhabener Herr Vater! Ich selbst war sehr betrübt über ihre Vernichtung. Aber es war der Wunsch meines Jägers, daß auf der Reise alles nach seinem Willen geschehen sollte. Ich hatte ihm mein Wort darauf gegeben. Wir könnten nicht glücklich heimkehren, sagte er, wenn nicht dies alles vernichtet würde.«

Der alte König zürnte ohnehin schon dem Jäger, daß er gegen sein Gebot mit seinem Sohne gezogen war. Er versammelte seine Räte und verurteilte den Jäger zum Tode. Inmitten des Hofes wurde der Galgen aufgepflanzt.

Man führte den armen Jäger zum Richtplatz, und der Oberrichter las ihm das Urteil vor.

Da sprach der Jäger: »Was ich getan habe, das habe ich aus Treue getan. Als wir vom Weisen König zurückkehrten, stiegen wir die erste Nacht in einer Herberge ab; die ganze Nacht schloß ich nicht die Augen, sondern hielt Wache.« Und nun erzählte er, was die Krähen gesagt hatten. Im selben Augenblick wurde er bis zum Knie zur Salzsäule. Da rief der junge König, daß er kein Wort weiter reden solle; denn er erkenne daran seine Treue. Aber der Jäger unterbrach seine Erzählung nicht und berichtete alles, was er von den Tauben und Adlern gehört hatte. Als er zu Ende war, da ward er vom Wirbel bis zur Zehe zur Salzsäule.

Ach, wie grämte sich nun der junge König, daß er seinen treuen Jäger verloren hatte! Und vor allem schmerzte es ihn, daß gerade er, den der Treue aus Gefahr errettet, die Ursache seines Verderbens war. Er beschloß, in die Welt zu ziehen und nicht eher zu rasten, bis er irgendwo erfahren würde, wie er seinen Jäger wieder in einen Menschen verwandeln könne.

Am königlichen Hofe lebte ein altes Weib, die war seine Amme gewesen; der teilte er seine Absicht mit und übergab ihr die Sorge für seine Gemahlin. Die alte Frau riet ihm: »Du hast einen weiten Weg vor dir, mein Sohn; suche aber niemanden als *Glückes Glück;* wenn er dir in deinem Kummer nicht helfen kann, so kann es keine Menschenseele auf dem Erdenrund.«

Da machte sich der junge König auf den Weg, daß er Glückes Glück suche. Er wanderte, wanderte, und als er jenseits seines Reiches gelangt war, irrte er drei Tage in einer Heide umher, aber kein lebendes Wesen traf er dort. Am Abend des dritten Tages erreichte er das Ufer eines schönen Flusses. Dort stand eine siebensteinige Mühle, die hatte nicht nur eine Walke, sondern auch einen Hirsestoßer. Da kehrte er ein und übernachtete dort. Früh morgens, als er aufstehen wollte, fragte ihn der Müller:

»Mein erlauchter Herr! Mein Leben und mein Tod stehen in deiner Hand, wohin so einsam des Weges?«

Da erzählte ihm der König, was ihn herführte.

»So möge deine Majestät Glückes Glück noch eines fragen: Was ist die Ursache, daß ich in einer siebensteinigen Mühle bin, die eine Walke und auch einen Hirsestoßer hat, auch genug zum Mahlen bekomme und dennoch so arm bin, daß ich kaum von einem Tag zum andern zu leben habe?«

Der König versprach, danach zu fragen, und damit ging er von dannen. Wiederum irrte er drei Tage umher, ohne daß er eine Christenseele traf. Am dritten Tage gegen Abend erblickte er ein Städtchen; spät abends langte er dort an, ging hinein; doch nirgends sah er Licht, und fast hatte er es schon ganz durchschritten und noch keine Herberge gefunden. Am Ende der Stadt sah er Licht in einem Eckfenster. Er ging darauf zu und fand im Hause drei Mädchen, welche gerade Glühkohle spannen.

Er bat sie um Herberge zur Nacht, und sie nahmen ihn auf. Es war wohl die Zeit des zweiten Spinnens. Sie richteten ihm schnell das Nachtmahl her; der König aß. Sie bereiteten ihm ein Nachtlager, und er legte sich nieder und schlief ein.

Am Morgen, als er weiterziehen will, fragen ihn die Mädchen, wohin er gehe. Auch ihnen gibt er Auskunft. »Erhabener König«, bitten da die Mädchen, »fragt Glückes Glück noch eines: Was mag die Ursache sein, daß wir alle drei schon über dreißig Jahre alt sind, auch die allerjüngste hätte schon vor zehn bis fünfzehn Jahren heiraten können, und dennoch sich kein Freier fand, trotzdem wir schön, sittsam und auch sehr fleißig sind?«

Der König versprach auch ihnen, daß er Antwort holen würde, und damit ging er von dannen.

Nun kam er in einen ungeheuer großen Wald, und dort irrte er umher vom Morgen bis zum Abend, vom Abend bis zum Morgen. Als er bis zum andern Ende des Waldes gewandert war, kam er an einen schönen Bach. Der Bach steht still, fließt nicht um ein Härchen weiter, sondern beginnt zu sprechen und sagt: »Mein Herr König, sage mir, was brachte dich in diese große Wildnis? Denn es mögen wohl hundert Jahre sein, daß mein Lauf hier begann, und noch niemals seitdem kam eine Seele hierher.«

Darauf erwiderte der König: »Ich werde es dir sagen, wenn du dich teilst, so daß ich dich durchschreiten kann.« Sogleich teilte sich der Bach, und der König durchschritt ihn trocknen Fußes. Am jenseitigen Ufer blieb er stehen und erzählte, was das Ziel seiner Wanderung sei. Da sprach der Bach:

»So frage noch Glückes Glück, was die Ursache sei, daß ich so ein schöner, hellfließender Bach bin und dennoch in mir noch niemals weder ein Fisch, noch ein Krebs, noch ein anderes lebendiges Tier war.«

Auch dies versprach der König, und damit ging er weiter. Wie er aus dem Wald kam, erblickte er ein schönes Tal, schritt gerade darauf los und gelangte an ein schilfgedecktes, kleines Häuschen. Er trat dort ein, um sich auszuruhen, denn er war sehr ermattet. In dem Häuschen herrschte die größte Ordnung und Sauberkeit, und eine heitere, ehrliche alte Frau war drinnen.

»Gott zum Gruß, Frau Mutter!«

»Das Glück leitete dich, mein Sohn! Was führt dich her? Was brachte dich hierher in unsere Gegend?«

»Ich bin auf der Suche nach Glückes Glück«, sagte der König.

»Da kommst du an den rechten Ort, mein Sohn; denn ich bin seine Mutter. Er ist jetzt nicht zu Hause; er ist dort in den Weinberg graben gegangen; geh auch du dorthin. Hier hast du zwei Spaten. Wenn du ihn antriffst, so beginne sogleich neben ihm mit beiden Händen zu graben; aber sprich kein Wort mit ihm! Jetzt ist es elf Uhr. Um zwölf Uhr bringe ich euch Essen. Wenn er sich zum Essen hinsetzt, setze dich neben ihn und iß mit! Nach dem Essen wird er dich fragen, und sag ihm frei, was dich drückt. Er wird auf alles antworten, was du ihn fragst.«

Damit zeigte sie ihm den Weg. Der König ging und tat alles, wie es ihm die alte Frau gesagt hatte. Nach dem Essen legten sie sich nieder, um zu ruhen.

Auf einmal begann Glückes Glück zu sprechen und fragte ihn: »Sag mir nur, was für ein Mensch bist du? Du bist wohl stumm; denn seit du hergekommen bist, hast du kein Wort zu mir gesprochen.«

»Nicht stumm bin ich, sondern jener glücklose König, dessen treuester Diener zur Salzsäule verwandelt wurde. Dies wollte ich erkunden: Wie kann ich ihm helfen?«

»Du tatest wohl daran; denn jener Jäger verdient, daß du für ihn dich mühst. Geh heim! Wenn du zu Hause anlangst, wird deine Frau einen Knaben zur Welt bringen. Von dem kleinen Finger dieses Knäbleins träufele drei Blutstropfen in einen Becher, streiche sie mit einem Halm auf die Pulsader der Salzsäule, und der Jäger wird werden, was er war.«

»Noch eine Bitte hätte ich: Hier im benachbarten Wald ist ein schöner Bach; aber weder ein Fisch, noch ein Krebs, noch irgendein anderes lebendiges Tier ist in ihm. Was mag die Ursache davon sein?«

»Dies, daß in jenem Bach noch niemand ertrunken ist. Aber gib acht, daß du ihn erst durchschreitest; dann geh zum höchsten Teil des Waldes und steig dort noch auf die Spitze des höchsten Baumes und von dort ruf ihm zu, was ich dir sagte. Denn wenn du nicht also tust, so wirst du der erste sein, der in ihm ertrinkt.«

»Noch eins möchte ich fragen: Auf dieser meiner Reise war ich in einem Städtchen zur Herberge bei drei Mädchen. Alle drei waren schon über die Dreißig hinaus, schön, sittsam, fleißig, und dennoch fand sich kein Freier ein. Was mag die Ursache sein?«

»Dies, daß jene Mädchen den Kehricht der Sonne ins Antlitz schütten.«

»Und was mag die Ursache sein, daß da eine siebensteinige Mühle ist, die nicht nur eine Walke, sondern auch einen Hirsestoßer hat, der Müller auch genug zu mahlen bekommt und dennoch so arm ist, daß er kaum von einem Tag zum anderen leben kann.«

»Dies, daß der Müller niemals etwas um Gottes willen gibt und nicht in die Kirche geht.«

Diese vielerlei Sachen schrieb sich der König hinters Ohr, bedankte sich schön, nahm herzlichen Abschied von Glücke Glück und wanderte heimwärts.

Als er bei dem schönen Bach im Walde anlangte, fragte der Bach, ob er ihm gute Nachricht bringe.

Aber er sagte, erst solle er ihn hindurchlassen, hernach werde er es ihm schon sagen. Da teilte sich der Bach; er schritt hindurch und weiter bis zu des Waldes höchstgelegenem Teile; dort kletterte er auf den höchsten Baum, und von dort rief er dem Bache zu:

»He, holla! Hörst du, du schöner Bach! Glückes Glück sagte dies: in diesem Schattenreich wird nun und nimmermehr ein lebendiges Wesen in dir erscheinen können, bis nicht jemand in deinen Fluten stirbt.«

Kaum hatte er das letzte Wort hinausgerufen, da schwoll der Bach so ungeheuer an, daß er den Stamm jenes Baumes, auf dem der König saß, ganz überflutete, und mit närrischem Plätschern begoß er ihn zwischen den Ästen ganz und gar und riß ihm fast die Beine unterm Leibe weg. Aber mit seinen beiden Armen umklammerte der König einen starken Ast so fest, daß er ihn von dort auf keine Weise hinunterreißen konnte. Noch dreimal nacheinander führte das Gewässer diesen Tanz auf; dann beruhigte es sich wieder ganz. Nun stieg der König vom Baume; Hemd und Hose trocknete er an der Sonne, tat sie dann wieder an, die anderen Kleider hingegen band er zusammen und trug sie so, bis sie trocken waren.

Beim Müller übernachtete er wieder und bestellte ihm, daß er es sich nicht leid sein lassen solle, den Armen Gutes zu tun, und daß er in die Kirche gehen solle. Dann richtete er auch den Mädchen aus, daß sie nicht mehr den Kehricht der Sonne ins Antlitz schütten sollten.

Der König konnte kaum zu Hause angelangt sein, da wollten einige Diebe den schönen Bach mit einem gestohlenen Pferde durchwaten; aber als sie inmitten waren, da schäumte der Bach so auf, daß er sie mitsamt dem Pferde wegfegte. Von dem Tage an wurde er der fisch- und krebsreichste Bach.

Der Müller begann den Armen zu geben. Er bekehrte sich zu Gott und wurde so reich, daß er gar nicht mehr wußte, was ihm alles gehörte. Und so lebte er bis zum Tode wie der Wels im Wehr.

Auch die drei Mädchen, nun sie nicht mehr den Kehricht der Sonne ins Antlitz schütteten, bekamen in einer Woche jede einen Freier.

Als der junge König heimkam, hatte seine Gemahlin ein schönes Knäblein geboren. Nicht einen Augenblick zögerte der König, sondern nahm sein Söhnchen, träufelte Blut aus seinem kleinen Finger und bestrich damit die Pulsader der Salzsäule. Da erbebte die Salzsäule mächtig, spaltete sich siebenfach, und auf einmal war der treue Jäger wieder lebendig. Als der alte König dies sah, schnaubte er vor Wut, dann starrte er ein-, zweimal wild umher, warf sich zu Boden und starb.

Der Jäger blieb bis an sein Lebensende im Dienste des Königs. Das war ein ehrlicher Mann. Solche könnten wir viele brauchen!

[Märchen aus Ungarn]

Die drei goldenen Köpfe im Brunnen

Lange vor der Zeit König Arthurs und seinen Rittern der Tafelrunde regierte einst im Osten Englands ein König, der in Colchester Hof hielt. Inmitten seines Ruhmes starb seine Königin und hinterließ eine einzige Tochter, sie war etwa fünfzehn Jahre alt, und alle, die sie kannten, bewunderten ihre Schönheit und Freundlichkeit. Aber der König hielt um die Hand einer anderen Frau an, die ebenfalls eine einzige Tochter hatte, jedoch er tat dies nur um des Reichtums willen, obwohl sie alt und häßlich war und eine krumme Nase und einen krummen Rücken hatte. Ihre Tochter war eine scheußliche Schlampe, voll des Neides und der Mißgunst, ja – sie war das getreuliche Abbild ihrer Mutter.

Jedoch nach einigen Wochen führte der König, von seinen Adligen begleitet, seine häßliche Braut zum Königspalast, wo die Hochzeitsfeierlichkeiten abgehalten wurden. Noch war sie nicht lange am Hof gewesen, als sie schon den Vater gegen seine eigene Tochter durch falsche Nachrede aufbrachte. Die schöne, junge Prinzessin wurde bald des Hofes überdrüssig, da sie die Liebe des Vaters verloren hatte. Eines Tages, als sie ihren Vater im Garten traf, bat sie ihn – mit Tränen in den Augen –, sie gehen zu lassen, um ihr eigenes Glück zu suchen. Der König willigte ein und befahl ihrer Stiefmutter, ihr zu geben, was sie wünschte. Sie ging zur Königin und diese gab ihr einen Stoffbeutel mit Schwarzbrot, hartem Käse und einer Flasche Bier.

Obwohl dies nur eine armselige Wegzehrung für eine Königstochter war, so nahm sie den Beutel mit Dank und machte sich auf ihren Weg und wanderte durch Haine und Wälder, durch Täler und über Höh'n, bis sie von weitem einen Mann sah, der saß auf einem Stein am Eingang einer Höhle und sprach:

»Guten Morgen, liebes Mädchen, wohin eilst du so geschwind?«

»Ehrwürdiger Vater«, sagte sie, »ich bin auf der Suche nach dem Glück!«

»Was hast du in deinem Beutel und deiner Flasche?«

»In meinem Beutel habe ich Brot und Käse, in meiner Flasche ein gutes, feines Bier. Möchtest du davon ein wenig haben?«

»Oh ja!« sagte er, »herzlich gerne!«

Mit diesen Worten zog das liebe Mädchen seine Vorräte hervor und bat ihn zu essen und kräftig zuzulangen. Dies tat der Alte auch und dankte ihr herzlich und sagte:

»Dort drüben ist eine dicke Dornenhecke, welche du nicht durchdringen kannst, aber nimm diesen Zauberstab in deine Hand, berühre sie dreimal und sprich: ›Öffne dich und laß mich durch!‹ und sie wird sich sofort öffnen. Dann wirst du ein wenig später zu einem Brunnen kommen, dort setze dich auf dem Brunnenrand nieder, sodann werden drei goldene Köpfe auftauchen, die dir weissagen werden, führe aus, was immer sie dir befehlen!«

Sie versprach, dies alles zu tun und nahm Abschied von ihm. Als sie zur Hecke kam, nahm sie den Zauberstab des Alten und berührte diese damit. Die Hecke teilte sich und ließ sie durch. Und dann, als sie zum Brunnen kam, hatte sie sich kaum gesetzt, als ein goldener Kopf auftauchte und sang:

»Wasch' mich, kämm' mich,
leg' mich hin ganz sanft,
bett' mich auf das Ufer hin,
auf daß ich hübsch dann bin,
wenn die andern ziehn vorbei.«

»Ja, dies will ich tun!« sprach sie und nahm den Kopf in ihren Schoß, kämmte ihn mit ihrem Silberkamm und legte ihn vorsichtig auf ein duftendes Primelpolster. Danach tauchten der zweite und der dritte Kopf auf, und sie sprachen dieselben Worte wie der erste. So tat sie einem jeden dasselbe, dann zog sie ihre Vorräte heraus und setzte sich nieder und aß ihr Mittagessen.

Dann sagten die Köpfe einer zum anderen:

»Welches Schicksal sollen wir diesem Mägdelein weissagen, das uns so freundlich behandelte?«

Der erste sagte: »Ich weissage ihr, daß sie einst in solcher Schönheit erstrahlen wird, daß sie den mächtigsten Prinzen der Welt gewinnen wird!«

Der zweite sagte: »Ich weissage ihr eine solch' süße Stimme, daß sie selbst die Nachtigall damit übertreffen wird.«

Der dritte sagte: »Meine Schicksalsgabe sei noch köstlicher, denn die genannten; da sie ja eines Königs Tochter ist, weissage ich ihr solchen Reichtum, daß sie die Gemahlin des größten Königs der Welt werden wird.«

Danach ließ sie die Köpfe wieder in den Brunnen sinken und setzte ihre Wanderung fort. Noch war sie nicht weit gewandert, als sie vor sich einen König sah, der im Wald mit seinen Adligen jagte. Sie hätte sich vor ihm versteckt, aber der König kam, als er sie entdeckt hatte, näher. Überwältigt von ihrer Schönheit und ihrer süßen Stimme verliebte er sich auf der Stelle in sie, und es dauerte nicht lange, so bat er sie um ihre Hand.

Als der König erfuhr, daß sie die Tochter des Königs von Colchester sei, ließ er einige herrliche Kutschen richten, daß er seinem Schwiegervater, dem König von Colchester, einen Besuch abstatte. Die Kutsche, in welcher der König und die Königin fuhren, war prächtig mit reichen Goldornamenten ausgeschmückt. Der König, ihr Vater, war zunächst erstaunt, daß seiner Tochter ein solch glückliches Schicksal widerfahren war, dann jedoch erzählte der junge König alles, wie es sich zugetragen hatte. Ja, der Jubel am Hofe war groß, und alle freuten sich über das Glück der Königstochter, außer der Königin und ihrer häßlichen Tochter, die beide vor Neid und Haß fast platzten.

Der König ließ ein großes Fest veranstalten, man aß und trank und tanzte viele Tage lang. Dann endlich kehrte das junge Paar mit einer großen Mitgift, welche ihr Vater ihnen gegeben hatte, glücklich nach Hause zurück.

Die häßliche Prinzessin, die erkennen mußte, daß ihrer Schwester ein solch glückliches Schicksal zuteil geworden war, erhoffte für sich dasselbe. Dies sagte sie der Mutter, und alle Vorbereitungen für ihre Reise wurden getroffen. Sie wurde mit den reichlichsten und herrlichsten Gewändern ausgestattet, mit Köstlichkeiten aller Art, süßem Brot, Zuckerwerk, Mandeln und einer großen Flasche guten Malagaweines.

Mit diesen Dingen wohl ausgerüstet, ging sie den gleichen Weg wie ihre Schwester. Als sie zu dem Höhleneingang kam, sprach der Alte:

»Junge Frau, wohin so schnell?«

»Was geht Euch dies an?« sagte sie.

»Nun, wohl«, sagte er, »was hast du in deinem Beutel und in deiner Flasche?«

Sie antwortete: »Gute Dinge, um die du dich nicht zu kümmern brauchst!

»Wirst du mir davon nichts abgeben?« sagte er.

»Nein, keinen Bissen, keinen Tropfen, du würdest es ausspeien!«

Der alte Mann runzelte die Stirn und sprach: »Verflucht seist du! Ein böses Schicksal möge dich ereilen!«

Als sie weiterging, kam sie zu der Hecke, in der sie eine Lücke erspähte, und sie dachte, sie könnte dort hindurchschlüpfen. Aber die Hecke schloß sich, und die Dornen stachen ihr ins Fleisch, und sie konnte sich nur mit großen Schmerzen aus der Dornenhecke befreien. Da sie mit Blut besudelt war, suchte sie nach Wasser, um sich reinzuwaschen, und siehe da, sie fand den Brunnen. Sie setzte sich am Brunnenrand nieder, und einer der Köpfe tauchte aus dem Wasser auf und sagte wie zuvor:

»Wasch' mich, kämm' mich,
leg' mich hin ganz sanft,
bett' mich auf das Ufer hin,
auf daß ich hübsch dann bin,
wenn die andern ziehn vorbei.«

Aber sie versetzte dem Kopf mit ihrer Flasche einen Schlag und sagte: »Nimm' dies für das Waschen!« Danach erschienen die beiden anderen Köpfe, aber sie wurden nicht besser als der erste behandelt. Deshalb besprachen sich die Köpfe untereinander, welchen unheilvollen Schicksalsspruch sie über das Mädchen verhängen wollten.

Der erste sprach: »Ihr Gesicht soll von Lepra gezeichnet sein.«

Der zweite sprach: »Ihre Stimme soll so krächzend wie eine Wiesenknarre sein!«

Der dritte sprach: »Ihr einstiger Gemahl soll ein ärmlicher Flickschuster sein! «

Nun, sie ging weiter und kam in eine Stadt, und da gerade Markttag war, begafften alle Leute sie, und alle flohen entsetzt, als sie solch ein häßliches Gesicht sahen und solch krächzende Stimme hörten, alle – außer einem armen Flickschuster!

Nun, er hatte vor nicht allzu langer Zeit die Schuhe eines alten Einsiedlers repariert, der, da er kein Geld besaß, ihm ein Döschen mit Salbe gegeben hatte, die Leprakranke zu heilen vermochte und ein Fläschchen mit einer Flüssigkeit, die eine krächzende Stimme gesunden ließ.

So ging der Flickschuster auf sie zu, da er sich zu einem Liebesdienst veranlaßt fühlte, und fragte sie, wer sie sei.

»Ich bin die Stieftochter des Königs von Colchester!« sagte sie. »Nun«, sagte der Flickschuster, »wenn ich dein Gesicht und deine Stimme zu heilen vermag und dir deine Gesundheit und deine natürliche Gestalt wiedergeben kann, willst du mich dann als Belohnung zum Gemahl nehmen?«

»Ja, mein Freund!« erwiderte sie, »dies will ich herzlich gerne!«

So gab der Flickschuster seine Salbe und sein Tränklein der häßlichen Prinzessin, und innerhalb weniger Wochen ward sie geheilt. Danach vermählten sie sich und zogen an den Hof von Colchester.

Als die alte Königin erfuhr, daß ihre Tochter nur einen armen Flickschuster geheiratet hatte, entbrannte sie in solchem Zorn, daß sie vor Wut platzte.

Der Tod der Königin jedoch erfreute den König, der froh war, diese böse Frau so bald los zu werden. Ja, er freute sich so sehr, daß er dem armen Flickschuster hundert Pfund schenkte, so daß er den Hof mit seiner Herzensdame verlassen und in einem entlegenen Teil des Königreiches sich niederlassen konnte. Sie lebten glücklich und zufrieden, und niemand reparierte die Schuhe feiner denn der Flickschuster, und niemand konnte ein feineres Garn spinnen denn die geheilte Prinzessin!

[Englisches Märchen]
[Übersetzt von Barbara Stamer]

Der Traum

Es war einmal ein Kaufmann, der hatte zwei Söhne, Dmitri und Iwan. Eines Abends, als der Vater ihnen seinen Segen für die Nacht erteilte, sagte er:

»Kinder, erzählt mir morgen früh, was euch heute Nacht träumen wird. Wenn ihr mir aber eure Träume verheimlicht, lasse ich euch töten!«

Am nächsten Morgen kam der ältere Sohn und sagte:

»Väterchen, mir träumte, Bruder Iwan flog mit zwölf Adlern durch die Luft, auch starb dein Lieblingsschaf.«

»Und du, Wanja, was hast du geträumt?« »Ich sage es nicht«, antwortete Iwan.

Wie sehr der Vater ihm zuredete, Iwan blieb verstockt. Er wiederholte nur immer trotz aller Ermahnungen:

»Ich sage es nicht, ich sage es nicht.«

Der Kaufmann wurde zornig, rief seine Diener und befahl ihnen, den ungehorsamen Sohn zu ergreifen, ihn nackt auszuziehen und an eine Säule auf der Landstraße zu binden.

Die Diener ergriffen Iwan und banden ihn, wie ihnen befohlen war, ganz fest, nackt an eine Säule. Da ging es dem wackern Jünglinge schlecht. Die Sonne brannte auf ihn herab, die Mücken stachen, Hunger und Durst quälten ihn. Da kam zufällig ein junger Zarewitsch des Weges geritten, der sah den Kaufmannssohn, erbarmte sich seiner und ließ ihn befreien. Er gab ihm Kleider, nahm ihn mit auf sein Schloß und fragte ihn dort: »Wer hat dich an die Säule gebunden?«

»Mcin Vatcr, cr zürntc mir so schr.«

»Was hattest du denn verschuldet?«

»Ich wollte ihm nicht erzählen, was mir geträumt hatte.«

»Ach, wie dumm ist dein Vater, dich für diese Kleinigkeit so hart zu strafen. Was hat dir denn geträumt?«

»Ich sage es nicht, Zarewitsch.«

»Was heißt das, ich rettete dich vom Tode und du entgegnest mir so? Sag es mir gleich oder es geht dir schlecht!«

»Ich sagte es meinem Vater nicht und sage es dir auch nicht.«

Da ergriffen auf des Zarewitsch Befehl die Soldaten sogleich den Kaufmannssohn und steckten ihn in den Gefängnisturm.

So verging ein Jahr, da wollte der Zarewitsch heiraten und ritt weit fort in ein fernes Land, um dort Elena, die Wunderschöne, zu freien. Der Zarewitsch hatte eine Schwester, die ging bald nach seiner Abreise zufällig vor dem Gefängnisse spazieren. Iwan, der Kaufmannssohn, sah sie von seinem Fensterchen aus und rief mit lauter Stimme:

»Hab Erbarmen, Zarewna, laß mich heraus, vielleicht bin ich zu etwas nütze. Ich weiß, daß der Zarewitsch um Elena, die Wunderschöne, freien ging, ohne mich wird ihm das aber nicht gelingen. Er wird höchstens seinen Kopf verlieren. Vielleicht hast du selbst gehört, wie schlau sie ist und wie viele Freier sie schon zugrunde gerichtet hat.«

»Kannst du dem Zarewitsch helfen?«

»Ich könnte es, aber dem Falken sind die Flügel gebunden!«

Da gab die Zarewna sofort Befehl, ihn aus dem Gefängnisse zu befreien.

Iwan, der Kaufmannssohn, sammelte sogleich Gefährten, bis ihrer zwölf beisammen waren. Die sahen einander gleich wie leibliche Brüder. Sie waren gleich an Wuchs, an Stimme und Haar. Sie zogen gleiche Kaftans an, die waren nach einem Schnitte gemacht, sie stiegen auf gute Pferde und ritten von dannen. Sie ritten ein, zwei, drei Tage lang. Am vierten kamen sie in einen dunklen Wald, da hörten sie lautes Geschrei.

»Halt, Brüder«, sagte Iwan, »wartet ein bißchen, ich gehe dem Lärm nach.«

Er sprang vom Pferd und lief in den Wald, da sah er auf einer Lichtung drei alte Männer, die einander sehr beschimpften.

»Seid gegrüßt, ihr Alten, warum streitet ihr?«

»Ach, junger Mann, wir erhielten als Erbe von unserem Vater drei Wunderdinge. Eine unsichtbar machende Mütze, einen fliegenden Teppich und Meilenstiefel. Wir streiten jetzt schon siebzig Jahre und können die Sachen nicht unter uns verteilen!«

»Wollt ihr, daß ich sie teile?« »Sei so gut!«

Iwan, der Kaufmannssohn, nahm seinen Bogen, legte drei Pfeile ein und schoß sie nach verschiedenen Richtungen ab. Dem einen der Alten befahl er sodann, nach rechts zu laufen, dem zweiten nach links, und den letzten schickte er geradeaus.

»Wer von euch zuerst einen der Pfeile wiederbringt, erhält die Mütze, der zweite den Teppich, der dritte die Stiefel.« Die Alten liefen nach den Pfeilen. Iwan, der Kaufmannssohn, nahm die drei Wunderdinge und kehrte zu seinen Gefährten zurück.

»Brüder, steigt ab, laßt eure Pferde laufen und setzt euch mit mir auf diesen fliegenden Teppich.«

Sie taten es schnell und flogen in das ferne Reich zu Elena, der Wunderschönen. Sie flogen bis zur Hauptstadt hin, machten vor dem Schlagbaum halt und zogen aus, den Zarewitsch aufzusuchen. So kamen sie vor sein Haus.

»Was wollt ihr?« fragte er.

»Nimm uns wackere Burschen in deinen Dienst. Wir werden für dich sorgen und dir treuen Herzens dienen.«

Der Zarewitsch nahm sie auf. Er schickte den einen in die Küche, den anderen in den Stall und so fort. Gerade an diesem Tage schmückte der Zarewitsch sich festlich und ritt zu Elena, der Wunderschönen. Sie empfing ihn freundlich, bewirtete ihn mit vielerlei Essen und Getränken und fragte ihn dann:

»Sag die Wahrheit, Zarewitsch, weshalb kamst du zu mir?«

»Elena, du Wunderschöne, ich kam, um dich zu fragen, ob du mich heiraten willst?«

»Ja, ich bin einverstanden, nur mußt du zuerst drei Aufgaben lösen. Gelingt dir das, so werde ich deine Frau. Wenn nicht, so mache dich bereit, zu sterben.«

»Stell mir deine Aufgaben.«

»Morgen habe ich etwas, ich sag dir nicht, was, errate du das und bring herbei, was gleich dem Unbekannten sei!«

Der Zarewitsch kehrte in sein Haus zurück mit großem Kummer und Sorgen. Iwan, der Kaufmannssohn, fragte ihn: »Zarewitsch, warum bist du traurig? Hat dich Elena, die Wunderschöne, gekränkt? Teil mir deinen Kummer mit, dann wird es dir leichter ums Herz werden.«

»Elena, die Wunderschöne, stellte mir eine Aufgabe, die kein Weiser auf der Welt lösen kann«, sagte der Zarewitsch und erzählte das Rätsel.

»Nun, das ist noch kein großes Unglück. Bete zu Gott und leg dich schlafen. Der Morgen ist klüger als der Abend.« Der Zarewitsch ging schlafen, und Iwan, der Kaufmannssohn, setzte die unsichtbar machende Mütze auf, zog die Meilenstiefel an und lief ins Schloß zu Elena, der Wunderschönen.

Er ging geradewegs in ihr Schlafzimmer und lauschte; da gab sie gerade ihrer liebsten Dienerin einen Auftrag:

»Nimm dieses kostbare Zeug und bring es dem Schuster. Er soll mir einen Schuh für meinen Fuß daraus machen, aber so schnell wie möglich.«

Die Dienerin lief, wie es ihr befohlen war, zum Schuster, und Iwan ging hinter ihr drein. Der Meister begann sofort die Arbeit, nähte einen Schuh und stellte ihn ans Fenster. Da nahm der Kaufmannssohn vorsichtig den Schuh und steckte ihn in seine Tasche. Der arme Schuster lief beunruhigt hin und her, denn die Arbeit war vor seiner Nase verschwunden. Er suchte und suchte, durchstöberte alle Ecken und Winkel, aber vergebens.

»Welch ein Wunder!« dachte er, »treibt der Teufel sein Spiel mit mir?«

Er konnte sich nicht helfen, sondern mußte wieder zur Nadel greifen und einen zweiten Schuh nähen, den brachte er Elena, der Wunderschönen.

»Oh, du Saumseliger«, sagte sie, »wieviel Zeit brauchst du zu einem Schuh!«

Sie setzte sich an ihren Arbeitstisch und nähte den Schuh mit Gold aus, verzierte ihn mit großen Perlen und befestigte Edelsteine daran. Iwan war aber auch dabei, nahm seinen Schuh aus der Tasche und machte das gleiche wie sie. Was für ein Steinchen sie nahm, er wählte ein gleiches, wo sie eine Perle hinnähte, tat er es auch. Als Elena, die Wunderschöne, ihre Arbeit beendet hatte, lächelte sie und sprach:

»Das kann man dem Zarewitsch morgen zeigen!«

»Warte«, dachte Iwan, »es steht noch nicht fest, wer schlauer als der andere ist.«

Er kehrte heim und legte sich schlafen. Zur Morgenandacht stand er auf, weckte den Zarewitsch, gab ihm den Schuh und sagte: »Reite hin zu Elena, der Wunderschönen, und gib ihr dies, denn das ist ihre erste Aufgabe.«

Der Zarewitsch wusch und schmückte sich und ritt eilends zu seiner Braut. Es waren viele Gäste bei ihr versammelt, alle Zimmer waren voll mit Bojaren, großen Herren und Ratsleuten. Als der Zarewitsch ankam, spielte sogleich die Musik, die Gäste sprangen von ihren Sitzen auf und die Soldaten standen stramm.

Elena, die Wunderschöne, brachte ihren mit Edelsteinen und Perlen geschmückten und verzierten Schuh, schaute den Zarewitsch an und lachte. Der sagte aber zu ihr:

»Schön ist der Schuh; solange man aber keine zwei hat, ist er zu nichts nütze. Ich sehe, ich muß dir einen zweiten schenken.«

Bei diesen Worten nahm er seinen Schuh aus der Tasche und stellte ihn auf den Tisch.

Da klatschten die Gäste alle in die Hände und riefen wie aus einem Munde:

»Ha, der Zarewitsch ist wert, unsere Herrin, Elena, die Wunderschöne, zu heiraten!«

»Das werden wir erst sehen«, antwortete sie. »Er muß erst die zweite Aufgabe lösen.«

Spät am Abend kam der Zarewitsch heim, noch trauriger als den Tag vorher.

»Zarewitsch, hör auf, dich zu grämen«, sagte Iwan, »bete zu Gott und leg dich schlafen. Der Morgen ist klüger als der Abend.«

Er brachte seinen Herrn zu Bett, setzte seine unsichtbar machende Mütze auf und lief mit den Meilenstiefeln ins Schloß zu Elena, der Wunderschönen. Die gab gerade ihrer liebsten Dienerin den Befehl:

»Geh rasch auf den Geflügelhof und bring mir eine Ente.« Die Dienerin lief auf den Geflügelhof und Iwan hinter ihr her. Die Dienerin packte eine Ente und er einen Enterich; dann kehrten beide wieder zu Elena, der Wunderschönen, zurück.

Elena, die Wunderschöne, setzte sich an ihr Arbeitstischchen, nahm die Ente, schmückte ihre Flügel mit Bändern und ihren Schopf mit Brillanten. Iwan, der Kaufmannssohn, sah zu und machte dasselbe mit dem Enterich.

Am nächsten Tage waren wieder Gäste bei Elena, der Wunderschönen, und wieder spielte Musik. Sie ließ ihre Ente los und fragte:

»Errietest du meine Aufgabe, Zarewitsch?«

»Ja, Elena, du Wunderschöne! Da hast du ein gleiches zu deiner Ente«, sagte er und ließ den Enterich frei.

Da schrien alle Bojaren einstimmig: »Ha, wackerer Zarewitsch, du bist würdig, Elena, die Wunderschöne, zu freien!«

»Wartet, erst muß er die dritte Aufgabe lösen.«

Am Abend kehrte der Zarewitsch so traurig heim, daß er nicht einmal reden wollte.

»Gräm dich nicht, Zarewitsch, leg dich lieber schlafen, der Morgen ist klüger als der Abend«, sagte Iwan, der Kaufmannssohn.

Er setzte schnell seine Kappe auf, zog die Stiefel an und lief ins Schloß. Elena, die Wunderschöne, war gerade im Begriff, ans blaue Meer zu fahren. Sie stieg in ihren Wagen und fuhr in vollem Galopp davon, aber Iwan blieb keinen Schritt hinter ihr zurück. Elena, die Wunderschöne, kam ans Meer und rief ihr Großväterchen an. Sogleich wogten die Wellen, und aus dem Wasser stieg der alte Großvater auf. Sein Haupthaar war Silber, sein Bart war Gold. Er kam ans Ufer und sprach: »Sei gegrüßt, Enkelkind! Ich habe dich lange nicht gesehen. Such mir meinen Kopf ab.« Er legte ihn auf ihre Knie und schlief süß ein. Elena suchte ihrem Großvater den Kopf ab, und Iwan sah ihr über die Schulter. Als der Alte fest eingeschlafen war, riß ihm Elena drei silberne Haare aus, aber Iwan faßte nicht drei, sondern gleich ein ganzes Büschel Haare und zog es aus. Der Großvater erwachte und schrie:

»Bist du verrückt geworden! Das tut ja weh!«

»Verzeih, Großväterchen. Ich kämmte dich so lange nicht. Die Haare sind alle verwirrt.«

Der Großvater beruhigte sich und schnarchte bald wieder. Elena, die Wunderschöne, riß ihm drei goldene Haare aus, aber Iwan faßte ihn am Barte, daß ihm beinahe der ganze in der Hand blieb.

Da schrie der Großvater furchtbar auf, sprang in die Höhe und warf sich ins Meer.

»Jetzt ist der Zarewitsch verloren«, dachte Elena, »solche Haare kann er nicht herbeischaffen.«

Am nächsten Tage versammelten sich die Gäste wieder bei Elena, der Wunderschönen, auch der Zarewitsch kam, und sie zeigte ihm drei goldene und drei silberne Haare und fragte:

»Sahst du schon solch ein Wunder?«

»Da fandest du etwas Rechtes, um damit zu prahlen. Wenn du willst, schenke ich dir ganze Büschel davon.« Er nahm ein ganzes Bündel silberner und goldener Haare aus der Tasche und gab sie ihr. Elena, die Wunderschöne, wurde zornig, lief in ihr Schlafzimmer, um in ihrem Zauberbuch nachzusehen, ob der Zarewitsch allein alles erraten – oder ob ihm jemand geholfen habe.

Sie sah, daß nicht er der Schlaue war, sondern sein Diener Iwan, der Kaufmannssohn. Sie kehrte zu ihren Gästen zurück und bat den Zarewitsch:

»Schick mir deinen liebsten Diener.« »Ich habe zwölf.«

»Schick mir den, der Iwan heißt.« »Sie heißen alle Iwan.«

»Gut, dann sollen alle kommen«, sagte sie und dachte: »Ich finde den Schuldigen auch ohne dich heraus.«

Der Zarewitsch gab Befehl, und sofort kamen die zwölf wackeren Burschen. Sie waren alle gleich von Angesicht, gleich von Wuchs, gleich von Stimme und Haar. »Wer ist der erste unter euch?« fragte Elena, die Wunderschöne.

Da schrien alle zugleich:

»Ich bin der erste, ich!«

»Nun, so einfach erfahre ich es nicht«, dachte sie. Sie ließ elf einfache Becher bringen und den goldenen, aus dem sie selbst zu trinken pflegte. Sie füllte alle Becher mit Wein und bewirtete die zwölf Burschen. Da nahm keiner einen einfachen Becher, sondern alle wollten den goldenen haben, rissen ihn einer dem andern weg, machten Lärm und verschütteten den Wein.

Elena, die Wunderschöne, sah ihren Plan mißlingen und befahl, den Burschen zu essen und zu trinken zu geben und ihnen ein Nachtlager im Schloße zu bereiten. Als nachts alle fest schliefen, schlich sie mit ihrem Zauberbuch zu ihnen, um mit seiner Hilfe den Schuldigen zu erkennen. Sie sah in ihr Buch und fand den Kaufmannssohn sofort heraus, da schnitt sie ihm mit ihrer Schere das Haar von den Schläfen ab.

»An diesem Zeichen erkenne ich ihn morgen sicher und lasse ihn töten.«

In aller Frühe erwachte Iwan, der Kaufmannssohn, und fuhr mit der Hand nach dem Kopfe – da waren seine Haare kahlgeschoren. Er sprang vom Bett auf und weckte seine Gefährten.

»Genug geschlafen! Unheil droht, nehmt Scheren und schneidet euch an den Schläfen die Haare ab.«

Etwa eine Stunde später rief Elena, die Wunderschöne, die Zwölfe vor sich, um den Schuldigen herauszusuchen. Aber welch ein Wunder! Alle hatten kahle Schläfen. Da warf sie zornig ihr Zauberbuch in den Ofen. Sie hatte keine Ausflüchte mehr und mußte den Zarewitsch heiraten. Die Hochzeit währte fröhlich drei Tage lang. Das Volk trank ohne Unterlaß. Drei Tage standen Wirtshäuser und Garküchen offen, und jeder konnte soviel essen und trinken, als er wollte.

Als die Feste vorbei waren, reiste der Zarewitsch mit seiner jungen Frau in sein Reich zurück und schickte die zwölf wackeren Burschen voraus. Sie gingen vor die Stadt hinaus, breiteten ihren Zauberteppich aus und flogen und flogen bis in den dichten Wald, wo sie ihre guten Pferde verlassen hatten. Kaum waren sie von ihrem Teppich herabgestiegen, kam einer der drei Greise mit seinem Pfeil gelaufen. Iwan, der Kaufmannssohn, gab ihm die unsichtbar machende Mütze. Da kam der zweite Alte, der erhielt den Teppich, und als der dritte kam, erhielt er die Meilenstiefel. Iwan sagte zu seinen Gefährten:

»Brüder, sattelt die Pferde, wir müssen wieder weiter.«

Sie fingen ihre Pferde ein, sattelten sie und ritten in ihr Vaterland zu der Zarewna zurück, die fragte hocherfeut nach ihrem Bruder, ob er geheiratet habe und ob er bald heimkehre.

»Wie soll ich euch für diesen Dienst belohnen?«

Iwan, der Kaufmannssohn, antwortete:

»Setz mich in das Gefängnis an meinen alten Platz.«

So sehr die Zarewna ihm abredete, er bestand auf seinem Willen; da ergriffen ihn die Soldaten und führten ihn ins Gefängnis.

Nach einem Monat kamen der Zarewitsch und seine junge Frau an und wurden prächtig empfangen. Musik spielte, Kanonen krachten, Glocken läuteten und soviel Volk war zusammengelaufen, daß man auf ihren Köpfen hätte spazieren gehen können. Bojaren und Leute von Rang kamen, den Zarewitsch zu begrüßen, er aber schaute ringsum und fragte:

»Wo ist Iwan, mein treuer Diener?« »Er sitzt im Gefängnis.«

»Wieso, wer wagte es, ihn einzusperren?«

»Du selbst, Bruder«, sagte die Zarewna, »warst zornig auf ihn und befahlst, ihn in strenger Haft zu halten. Erinnerst du dich, wie du ihn nach einem Traume fragtest, den er nicht erzählen wollte?«

»Ist er das wirklich?«

»Ja, ich ließ ihn nur für einige Zeit frei.«

Der Zarewitsch befahl, daß man ihm Iwan, den Kaufmannssohn, vorführe; er fiel ihm um den Hals und bat ihn, allen Zorn zu vergessen.

»Weißt du, Zarewitsch«, sagte Iwan, »mir war bekannt, was dir geschehen würde, ich hatte alles geträumt und deshalb erzählte ich dir meinen Traum nicht.«

Der Zarewitsch machte ihn zum General, schenkte ihm reiche Güter und behielt ihn bei Hof. Iwan, der Kaufmannssohn, ließ seinen Vater und älteren Bruder kommen, und sie lebten herrlich und in Freuden.

[Russisches Märchen]

Bossaldabs Gesicht

Bossaldab, der Sultan von Ägypten, hatte einen einzigen Sohn, Aboram genannt. Er liebte diesen Sohn über alles, sammelte große Schätze, eroberte viele benachbarte Länder und arbeitete Tag und Nacht, ihm eine große Herrschaft und einen glänzenden Thron zu hinterlassen. Seine Macht war schon beinahe auf den höchsten Gipfel gestiegen, als der Jüngling, welcher sie erben sollte, auf der Jagd von einem unglücklich abgeschossenen Pfeil in das Herz getroffen ward und auf der Stelle starb.

Bossaldab war trostlos. Er zerriß sich den Bart, zerschlug sein Gesicht und benetzte den Toten mit heißen Tränen. Sein Klagegeschrei erscholl bis an die fernen Felsen; aber es rief dem Jüngling das entflohene Leben nicht wieder zurück. Seine Diener traten auf und sprachen ihm Trost zu; aber er hörte sie nicht. Er verwünschte seinen Palast, sein Reich und sich selbst und verbarg sich in eine finstere Höhle des Waldes. Hier lag er im Staube, schrie laut in seiner Verzweiflung und klagte die Vorsehung der Ungerechtigkeit an.

»Warum bin ich ein Herr so vieler Länder und Reichtümer geworden«, rief er, »wenn mir mein einziger Sohn in der Blüte seines Lebens getötet werden sollte? Nein, es gibt keinen Gott, der die Menschen liebt!«

So brachte er drei Tage ohne Speise und Trank in wilder Verzweiflung zu. Seine Kräfte waren erschöpft; er lag ermattet am Boden und sah dem Tode mit Verlangen entgegen, daß er kommen und sein Herzeleid endigen möchte, als ihn plötzlich ein glänzendes Licht umgab. Er hob seine Augen auf und sah einen Engel in einem himmelblauen Gewande, die Schläfe mit einem Lilienkranze geschmückt, vor sich stehen.

Der Engel berührte mit dem grünen Zweige, den er in der Hand hielt, des Sultans Stirn. Neues Leben floß durch seine Glieder; sein Herz war wieder stark; er stand auf und sah den Boten des Himmels schweigend an. »Bossaldab«, sprach dieser, »ich bin Kalock, der Engel des Friedens, und gesandt, dich zu belehren. Komm und folge mir!«

Er führte ihn auf ein hohes Gebirge, stellte ihn auf die vorderste Klippe und sprach: »Schau hinab in dieses Tal!«

Bossaldab hob seine Augen auf und sah eine dürre, wüste Insel. Die Wogen des Meeres stürmten um sie her und warfen eben einen Schiffbrüchigen ans Ufer. Der Unglückliche trug in der einen Hand ein Gefäß voll Diamanten, mit der andern aber half er sich den schroffen Felsen hinan. Er hatte den Gipfel beinahe erstiegen; wohl hoffte er, eine bewohnte Gegend zu finden; als er aber mit dem letzten Schritt hinauftrat und eine öde Sandwüste vor sich sah, schien er vor Schrecken zu erstarren. Er warf seine Juwelen auf die Erde, rang seine Hände mit lautem Geheul und durchlief dann die Ebene, um Nahrungsmittel zu suchen; allein hier wuchsen weder Bäume noch Gesträuche. Viermal ging die Sonne auf und unter, ohne daß er nur eine wilde Beere oder ein Baumblatt für seinen Hunger gefunden hätte. Bleich und ermattet legte er sich endlich auf den Klippen des Ufers nieder, scharrte aus den Felsritzen dürres Gras und erwartete den Tod.

»Ach!« rief Bossaldab und wandte sich zum Engel, »sei gnädig und gib nicht zu, daß dieser Arme so kläglich sterbe!«

»Sei still«, antwortete der Engel, »und merke auf das, was du siehst!«

Er sah wieder hin und erblickte ein Schiff, das sich der Insel eben näherte. Der Hungrige ward des Schiffes gewahr; er bekam neuen Mut, sprang auf seine Füße, breitete seine Hände aus und winkte den Schiffsleuten. Da sie ihn auf der Klippe sahen, fuhren sie hinan. Er fiel vor dem Schiffsherrn nieder, klagte seine Not und versprach, die Hälfte der Juwelen für seine Rettung zu geben. Als der Hauptmann des Schiffes die köstlichen Steine sah, winkte er seinen Gefährten. Sie banden dem Unglücklichen Hände und Füße, nahmen ihm seine Juwelen, ließen ihn gebunden am Ufer liegen und fuhren mit ihrem Raub fröhlich davon.

»O Sohn des Himmels«, rief Bossaldab wehmütig aus, »kannst du diesen Frevel ansehen und dulden? Sieh, die Bösewichte segeln fort und lassen den Beraubten vor Hunger sterben.«

»Schau noch einmal hin!« sagte der Engel. »Das Schiff der Frevler scheitert dort an einer Klippe. Hörst du ihr Geschrei? Es kommt keiner davon; sie versinken alle unter der Last ihrer Sünden. Und auf diesem Schiff, das dem Verderben entgegenging, wolltest du den Verlassenen retten? Vermiß dich nicht, die Wege der Vorsehung zu tadeln! Dieser Mann war geizig und hart gegen Dürftige. Er hatte mehr, als er brauchte; dennoch aber trieb ihn seine Habsucht auf die See, um noch mehr zu gewinnen. Die Vorsehung führte ihn daher in diese Wüste, um sein eisernes Herz zu erweichen und seine karge Hand milder zu machen. Jetzt aber wende dich und sieh ein neues Gesicht!«

Bossaldab wandte sich und sah von dem Felsen hinab. Das Meer war verschwunden, und die Tiefe hatte sich in eine blühende Ebene verwandelt. Bossaldabs Augen verweilten noch auf dem schönen Gefilde, als ein hoher Palast von Marmor nahe vor seinen Augen aufstieg. Die elfenbeinernen Tore taten sich auf und zeigten einen königlichen Thron, mit Gold und Edelsteinen geschmückt. Reichtümer ohne Zahl lagen in großen Haufen auf beiden Seiten des Thrones, den die Fürsten des Landes und die Gesandten fremder Völker mit demütigen Gebärden umgaben, indem sie dem jungen König, der auf dem Thron saß, den Eid der Treue schworen. Dieser junge König aber war Aboram, Bossaldabs Sohn.

»Gnädiger Allah, es ist mein Sohn!« rief der Sultan. »Oh, laß mich hin, daß ich ihn umarme!«

»Bleibe«, sprach der Engel, »es ist ein leeres Bild, in welchem ich dir die Torheit deines Lebens und deiner Verzweiflung zeigen will! Sieh hin und betrachte ihn wohl!« Die Huldigung beschloß ein Gastmahl. Darauf ließ der junge König die aufgehäuften Schätze unter die Gäste verteilen. In kurzer Zeit waren die Reichtümer, an denen der sparsamste Geiz lange Jahre gesammelt hatte, zerstreut.

Die Fürsten hatten sich kaum mit den Diamanten ihres Königs geschmückt, als sie stolz und trotzig sich gegen ihn erhoben. Vier neue Throne stiegen aus den Trümmern des vorigen hervor, auf welchen vier neue Könige saßen, die den Sohn des Bossaldab, der sich bei dem Gastmahle berauscht hatte, in seiner Trunkenheit binden und in einen Kerker werfen ließen, wo er nach langem Leiden von der Hand eines Sklaven den Tod empfing.

Der Sultan wandte seine Augen ab. »Ach, es ist genug«, rief er, »es ist genug!«

»Demut und Geduld«, sprach der Engel, »hätten dir dieses traurige Gesicht erspart.«

»Ich habe gesündigt«, antwortete Bossaldab, »da ich über jenes Verhängnis so bitterlich murrte, das meinen Sohn in seiner Unschuld hinwegnahm und vor einer Menge künftiger Übel bewahrte.«

»Ja«, sprach der Engel. »Gehe hin, Bossaldab, und trage dein Leiden mit Geduld! Die irdischen Werke des Menschen sind vergänglich; seine stolzen Gebäude versinken unter der Last weniger Jahre. Die Namen des Geizigen und des Eroberers verhallen in Spott, die Namen der Wohltätigen werden bei der Nachwelt gesegnet.«

So sprach der Engel des Friedens, hob sich mit ausgebreiteten Schwingen in die Luft, und das Rauschen seiner Flügel glich dem Getöse eines Wasserfalles, bis es sich nach und nach in ein sanftes Säuseln verlor.

Der Sultan erwachte. Er lag in der Höhle des Waldes mit dem Gesicht auf der Erde. Er stand auf, ging in seinen Palast zurück und suchte in einer langen, friedlichen Regierung die

Wunden zu heilen, die er seinen Völkern durch Geiz und Eroberungssucht geschlagen hatte.

[Arabisches Märchen]

Der schlafende König

Der fränkische König Guntram war eines gar guten, friedliebenden Herzens. Einmal war er auf die Jagd gegangen, und seine Diener hatten sich hierhin und dahin zerstreut; bloß ein einziger, sein liebster und getreuster, blieb noch bei ihm. Da befiel den König große Müdigkeit; er setzte sich unter einen Baum, neigte das Haupt in des Freundes Schoß und schloß die Augenlider zum Schlummer. Als er nun entschlafen war, schlich aus Guntrams Munde ein Tierlein hervor in Schlangenweise, lief fort bis zu einem nahe fließenden Bach, an dessen Rand stand es still und wollte gern hinüber. Das hatte alles des Königs Gesell, in dessen Schoß er ruhte, mit angesehen, zog sein Schwert aus der Scheide und legte es über den Bach hin. Auf dem Schwert schritt nun das Tierlein hinüber und ging hin zum Loch eines Berges, da hinein schloff (kroch) es. Nach einigen Stunden kehrte es zurück und lief über die nämliche Schwertbrücke wieder in den Mund des Königs. Der König erwachte und sagte zu seinem Gesellen: »Ich muß dir meinen Traum erzählen und das wunderbare Gesicht, das ich gehabt. Ich erblickte einen großen, großen Fluß, darüber war eine eiserne Brücke gebaut; auf der Brücke gelangte ich hinüber und ging in die Höhle eines hohen Berges; in der Höhle lag ein unsäglicher Schatz und Hort der alten Vorfahren.« Da erzählte ihm der Gesell alles, was er unter der Zeit des Schlafes gesehen hatte und wie der Traum mit der wirklichen Erscheinung übereinstimmte. Darauf ward an jenem Ort nachgegraben und in dem Berg eine große Menge Goldes und Silbers gefunden, das vorzeiten dahin verborgen war.

[Brüder Grimm, Sagen]

Der Kaiser mit den zwei Frauen

Es war einmal ein Kaiser. Der hatte sich zwar vermählt, aber seine Gemahlin war unfruchtbar und bekam keine Kinder. Der Kaiser grämte sich darüber, daß nach seinem Tode niemand seinen Namen tragen sollte, und er härmte sich, daß so sein Name verlorengehen mußte. Als er die Sache nun reiflich erwogen hatte, wie er sein Ziel erreichen könnte, fiel sein Auge auf eine Magd, und die machte er gesegneten Leibes. Darauf stieß er sein Weib aus dem Palast und hielt sich die Sklavin.

Als sein Weib, vom Kaiser verstoßen und vertrieben, einsam umherirrte, zündete sie der heiligen Maria und dem Glänzenden eine Kerze an und betete mit Tränen in den Augen und flehte, sie möchten ihr doch einen Sohn oder eine Tochter schenken, damit sie nicht so einsam und verwaist auf der Welt dastände. Die Heiligen erbarmten sich ihrer und legten ihre Hand auf sie. Sie erhörten ihre Gebete, und von Gottes Odem wurde die Kaiserin schwanger. Der Kaiser aber wußte nichts davon.

Da geschah es eines Tages, daß der Kaiser auf die Jagd ging. Hussah, hussah! jagte er hinter einem Hirsch her. Doch das Tier lockte ihn in einen Wald, der so dicht war wie der Dab von Avela. Er durchquerte in großer Eile diesen Wald und gelangte auf eine schöne Waldwiese, wie Padea-Muschata so lieblich anzuschauen.

Dort lebte ein uralter Mann mit schneeweißen Haaren, den man für neunundneunzig Jahre alt halten mochte. Sein Name war Urväterchen-Allesweiß. Die Augenwimpern waren dem Greise bis auf das Kinn gewachsen, so daß er sie, wenn er sehen wollte, mit der Hand emporheben mußte.

Der Kaiser trat zu ihm heran und wünschte ihm einen guten Tag. »Gruß und Heil dir, Väterchen!« rief der Kaiser.

»Sei willkommen, mein Sohn«, erwiderte ihm Urväterchen-Allesweiß.

»Darf ich dich nicht fragen, Ohm, wie du hierher auf diese Waldwiese kommst, in diese Einsamkeit? Hast du nicht Furcht vor wilden Tieren? Oder warum hast du sonst deine liebe teure Heimat verlassen, um hier zu leben?«

Urväterchen-Allesweiß hob sich die Wimpern mit der Hand hoch, schaute sich den Kaiser an, wer er wäre, und sagte: »Schöner Jüngling, ich habe keine Heimat, habe keine Verwandten, habe nichts. Meine Heimat ist diese Wiese hier im Wald. Hier will ich leben, bis der da oben ein Herz mit mir hat, bis er die Hand ausstreckt und sich erbarmt.«

»Willst du nicht mit mir mitkommen?« fragte der Kaiser. »Ich habe keinen Vater und möchte dich an Vaters Statt annehmen. Du sollst es bei mir in jeder Hinsicht gut haben, ich sage es nicht zum Spaß.«

»Keine Spanne darf ich mich von hier fortbewegen, Lieber. Es ist mir von Gott bestimmt, daß ich hier meine alten Knochen lasse.«

»Guter Alter, sprich nicht so! Seit wann bist du denn hier, wie heißt du und was treibst du hier?«

»Seit wann ich hier bin, mag dich nicht kümmern. Ich heiße Urväterchen-Allesweiß, und mein Werk ist dies. Siehst du jenen Apfelbaum dort mitten auf der Wiese? Dreimal wachsen die Blätter an ihm, und dreimal fallen sie im Winde wieder herab. Wenn die Blätter fallen, schaue ich nach ihnen hin und weissage aus ihnen das Schicksal der Menschen.«

»Willst du mir nicht sagen, Urväterchen-Allesweiß, welches mein Schicksal sein wird?«

»Das will ich dir sagen.«

Der Kaiser setzte sich auf die Erde nieder. Der Apfelbaum fing an zu treiben und zu sprossen, und die Blätter kamen hervor, grünten und verwelkten. Da kam ein flinker, flinker Wind, ein rasches Lüftchen, und auf einmal brachen die Blätter ab und fielen von den Zweigen. Der Alte betrachtete sie und fand das Schicksal.

Er sprach zum Kaiser: »Ein großes Wunder geschieht auf der Welt. Dein aus dem Schloß verstoßenes Weib wurde schwanger vom Worte Gottes und wird ein Mädchen gebären.«

Vor Freude sprang der Kaiser auf, als er das hörte. Der Arme war ja nicht schlecht. Doch was hätte er tun sollen? Er mußte doch sein Weib verstoßen, damit sein Name nicht erlösche. »Ein großes Wunder, mein Sohn!« hub da Urväterchen-Allesweiß wieder an, »deine Magd aber wird einen Sohn gebären. Dieser Sohn wird heranwachsen und sich mit der Tochter deines Weibes vermählen.« Der Kaiser verneigte sich, küßte Urväterchen-Allesweiß die Hand und zog seines Weges. Unterwegs aber überlegte der Kaiser, wie er es machen und bewerkstelligen könnte, sich seines Sohnes zu entledigen, und wie er es verhindern könnte, daß zwei Geschwister sich ehelichten.

Als er nach Hause gelangt war, rief er zwei Hirten und befahl ihnen: »Nehmt die Sklavin mitsamt dem Jungen und stürzt sie vom Ouluberg in die Tiefe, daß von ihnen kein Bein übrig bleibt.«

Die Hirten gehorchten. Sie nahmen die arme Magd mitsamt ihrem Kinde und stürzten auch wirklich die unglückliche Frau in den Abgrund, doch des Kindes erbarmten sie sich und setzten es im Walde aus, damit es die wilden Tiere fressen sollten.

Als die Hirten fortgegangen waren, kam dort ein Schäfer mit seinen Schafen vorbei, und als cr dic Stimmc dcs Knäbleins vernahm, ging er nachsehen, ob vielleicht ein Wolf da wäre, der es fressen wollte. Er vermeinte, irgendein Ungeheuer dort zu finden, irgendeine Bestie. Doch was sollten seine Augen sehen? Ein Knäblein nackt und bloß. Er hüllte es sorgsam ein, brockte ihm Brot in eine Schüssel voll Milch und barg es schützend in seiner Herde.

Das Knäblein wuchs von Tag zu Tag prächtig heran und ward ein sehr aufgeweckter, schöner und frischer Junge, der sich vor dem Teufel nicht fürchtete.

Jahre vergingen, und keinem fiel es ein zu fragen, wer er wäre und wer seine Eltern seien. Sein Name war »Findling«; denn bei seiner Aussetzung war er ja doch gefunden worden.

Ich vergaß zu erzählen, daß der Kaiser, sobald er die Sklavin verstoßen hatte, sich mit seinem Weibe wieder aussöhnte. Da kam nun die Zeit, daß der Kaiser seine Tochter verheiraten wollte. Obschon ein Mädchen nur, erfüllte ihr der Kaiser alle Wünsche – und auch den Wunsch wollte er ihr nicht abschlagen, zu heiraten, wen sie wolle. Da drängten sich zum Palast Hunderte und Tausende von jungen Leuten, einer nach dem andern, wackere Jünglinge, doch keiner vermochte das Auge der Prinzessin auf sich zu lenken.

Schließlich träumte dem Jüngling, daß auch er sich bewerben solle. Er machte sich auf und sagte dem Tschelnik, er habe es sich in den Kopf gesetzt, auch sein Glück zu versuchen, und koste es seinen Kopf. »Sei doch vernünftig, Junge, als ob ich dich nicht dringend brauchte!« erwiderte der Tschelnik. »Du, ein Findling, ein Hirte, dir wird der Kaiser gerade seine Tochter geben.«

»Ich werde doch hingehen«, beharrte der Jüngling.

»Da du es dir denn in deinen trotzigen Schädel gesetzt hast, so geh meinetwegen«, meinte schließlich der Tschelnik, »aber das ist ein vergeblicher Gang.«

Der Bursche fing sich ein Fohlen von einer Stute, ein schönes junges Tier, stieg auf und ritt davon. Kaum hatte er ein Stück Weges zurückgelegt, als das Pferd stehen blieb und ihm zurief: »Edler Held! Edler Held! Ich erkenne, daß ich den Leib eines großen Mannes trage. Erzähl mir, was du vorhast, vielleicht kann ich dir einen Wink geben.«

Sieh, das Pferd war nämlich ein Zauberpferd, kein gewöhnliches. Der Bursche war wie vom Donner gerührt; er glaubte, der Teufel redete mit ihm, als er das Roß so sprechen hörte. Das war ja ein Wunderpferd. »Wo ich hingehe?« fragte seinerseits der Bursche, »zum Kaiser, um seine Tochter zu freien.«

»Hm! Wenn du zur Kaisertochter kommst, so mache dich recht schmuck, damit du der Prinzessin auch gefällst. Steck deine Hand unter den Sattelknopf und du wirst dort eine silberne Schachtel finden. Darin sind einige goldgestickte Kleider. Die zieh an und dann hei! zum Kaiser!«

Der Bursche tat, was ihm das Zauberpferd geraten hatte. Und was solltest du erblicken? Es flimmerte wie von Sonnenstrahlen. Alle, die ihn sahen, waren über seine Schönheit verwundert.

So kam er zum Kaiser. Leute waren dort zugegen, so viel kannst du dir gar nicht vorstellen. Kein Apfel hätte zur Erde fallen können. Als er in den Hof des Kaisers hineingeritten kam, da stieß man sich weg, um ihn zu sehen. Doch niemand wußte, wer er war. »Der Mann ist ein Feensohn!« meinten die Leute.

Als das Mädchen nur einmal auf ihn hingeschaut hatte, gefiel er ihr so von Herzen, daß sie ausrief: »Der soll mein Bräutigam sein!«

Als die Hochzeit stattgefunden hatte, eine kaiserliche Hochzeit, verging eine geraume Zeit, da kam der Kaiser mit seinem Schwiegersohn ins Gespräch, wer er wäre und wer seine Eltern. Der Bursche erzählte, was ihm wie ein Traum vor der Seele stand. Hirten hätten ihn im Walde ausgesetzt, ein Schäfer hätte ihn dann gefunden, bei einem Tschelnik sei er aufgewachsen, und so berichtete er alles, was er wußte.

Da tauchte ein Verdacht in dem Kaiser auf, und er zwang die Hirten, ihm die Wahrheit zu gestehen. Die erzählten denn auch, als sie mit dem Stock bearbeitet wurden, daß sie mit dem Kindlein Mitleid gehabt und ihn beim sogenannten

Ouluberge ausgesetzt hätten, gerade da, wo der Knabe denn auch gefunden worden war. Da erkannte der Kaiser, daß dieser sein Sohn war. Doch er schwieg und sah ein, daß das Wort des Urväterchen-Allesweiß eingetroffen war, wie er geweissagt hatte.

Und so, meine Kinder, geschieht alles, was geschehen soll.

Soweit mein Mund.

Bleibt alle hübsch gesund!

[Rumänisches Märchen]

Die zwei Fischersöhne

An einem See wohnte ein Fischer mit seiner Frau und seinen zwei Söhnen. Als die Söhne volljährig geworden waren und Vater und Mutter und Kinder eben einmal beim Essen saßen, fing der Vater an: »Liebe Söhne, ihr seid jetzt in einem Alter, wo ihr die Welt kennenlernen und euer Glück erproben müßt. Seid ihr ein wenig in der Welt herumgekommen, so könnt ihr wieder heimkehren, denn meine alten Tage will ich an eurer Seite zubringen.« Wie die Söhne das hörten, machten sie kurze Anstalten zur Abreise, und am andern Tage in aller Frühe waren sie schon auf dem Weg. Es dauerte nicht lange, da teilte sich die Straße, und der ältere Bruder begann: »Wie wäre es, Bruder, wenn wir uns trennen würden; wir können ja mehr erfahren, wenn wir nicht beieinander sind.«

»Ist mir auch recht«, erwiderte der Jüngere. »Dann gehst du rechts aus und ich links.«

Der Ältere hatte nichts dagegen zu sagen, und die beiden nahmen Abschied voneinander. Bevor sie sich aber trennten, steckte jeder von ihnen sein Messer in einen großen, alten Baum, der gerade an der Wegscheide stand. Sobald einer von ihnen zurückkehren würde, sollte er erfahren, ob es seinem Bruder gut oder schlimm ergehe, je nachdem dessen Messer blank oder rostig wäre.

Der ältere Bruder wanderte rüstig vorwärts, Weg hin und Weg her, Hügel auf und Hügel ab, bis er endlich eine große Stadt vor sich sah. Wie er in dieselbe eintrat, sah er alle Häuser schwarz behangen, und alle Leute, die ihm begegneten, waren schwarz gekleidet. Das kam ihm völlig unheimlich vor, und er fragte ein altes Männlein, was denn die allgemeine Trauer zu bedeuten habe. Das erzählte ihm, daß in der Nähe der Stadt ein See sei, und in demselben wohne ein ungeheurer Drache, dem man jeden Monat zwei Lämmlein und eine Jungfrau zum Fraß geben müsse. Der Drache habe bereits alle Jungfrauen der Stadt gefressen, und nur die Königstochter sei noch übrig. Morgen müsse dieselbe eine Speise des Ungeheuers werden. Der Fischersohn fragte weiter, ob denn da gar nicht zu helfen wäre.

»Wie denn zu helfen?« sagte das Männlein. »Der König hat wohl demjenigen, der den Drachen erlegt haben wird, den Thron und die Hand seiner Tochter versprochen – allein, wer wird sich denn einen so kecken Versuch einfallen lassen?«

Der Fischersohn fragte nun genauer danach, an welchem Orte denn der Drache erscheine, und hörte, daß neben dem See eine Kapelle stehe, daß in derselben die Lämmer gebunden liegen und die Jungfrau knien müsse, bis das Ungetüm herankomme und seinen Fraß zu sich nehme. Der Fischersohn sagte nun: »Leb wohl!« zu dem Männlein und ging weiter.

»Da hast du nun Gelegenheit, dein bißchen Mut auf die Probe zu stellen«, dachte er sich, und am andern Tage in aller Frühe gürtete er sich sein Schwert um und nahm eine Lanze in die Hand und ging aus der Stadt hinaus zum See. Hinter der Kapelle verbarg er sich und blieb mäuschenstille. Die Königstochter kniete aber schon in der Kapelle und wartete zitternd auf die Ankunft des Ungetüms. Auf einmal entstand ein Zischen und Brausen im See, daß das Wasser hoch aufwogte, und das Zischen und Brausen kam immer näher und näher. Der Fischersohn dachte sich wohl, was dahinter sei, schaute heimlich aus seinem Versteck auf den See, und da sah er einen Drachen herankommen mit einem fürchterlichen Rachen und großen, großen Krallen. Da schlotterte ihm auch ein wenig das Herz, aber er beherzte sich, und kaum war das Untier am Ufer, stürzte er hinter der Kapelle hervor und rammte ihm mit ganzer Gewalt seine Lanze in den Leib. Der Drache erhob ein fürchterliches Geheul und sperrte seinen scheußlichen Rachen gegen den Fischersohn auf, um ihn mit Haut und Haar zu verschlingen. Der Fischersohn aber verlor das Herz nicht so geschwind, sondern er zog schnell sein Schwert und stieß es dem Ungetüm in den aufgesperrten Rachen. Da konnte sich der Drache nicht mehr erwehren, schlug noch eine Weile mit dem Schweif in dem Wasser herum – aber nach wenigen Minuten rührte er sich nimmer.

Der Jüngling trat nun in die Kapelle, brachte die Königstochter, welche vor Schrecken die Besinnung verloren hatte, wieder zu sich, begrüßte sie als seine Braut und führte sie an seiner Hand nach Hause.

Jetzt war überaus große Freude in der Stadt, die schwarzen Tücher und Kleider wurden weggelegt, und man erzählte sich nur von dem tapferen Jüngling und von seinem Kampf mit dem Drachen. Und der König hielt getreulich sein Wort, denn nach wenigen Tagen schon feierte der Fischersohn Hochzeit mit der geretteten Königstochter.

Eine gute Weile lebten sie fröhlich beisammen, wie es sich für rechte Eheleute gebührt, und der junge König regierte nach Recht und Gerechtigkeit über seine Untertanen. Eines Abends saß er wieder mit seinen Freunden bei Tische und war heiter wie immer. Da schaute er zufällig zum Fenster hinaus und sah ein helles Licht aus dem nahen Wald leuchten.

»Was bedeutet das Licht da draußen?« fragte er die Gäste und schaute aufmerksam auf das seltsame Leuchten.

»Ja, wer das wüßte«, antwortete einer, der gerade neben ihm saß. »Aber das kann Euch kein Mensch sagen, denn gar viele hat der Vorwitz in den Wald getrieben, um zu sehen, was das für ein Licht sei. Aber keiner von denen ist jemals wieder herausgekommen.«

»So will ich selbst hin und sehen, was das ist«, sagte der König und stand vom Tische auf. Alle Anwesenden baten ihn, er möchte sich doch nicht selbst in die Gefahr begeben, denn es könnte ihm ebenso ergehen wie allen anderen.

Er aber blieb fest bei seinem Vorhaben, ließ sich sein Pferd satteln und ritt von dannen. Sein Hund lief neben dem Pferde her und heulte und bellte, daß die Felsen widerhallten. Es wurde immer dunkler, und je dunkler es wurde, desto heller glänzte das Licht zwischen den finstern Tannen hervor.

Bald hielt der König vor einem großen Schloß, das stand an der Stelle, an der vorher das Licht geleuchtet hatte. Dieses war aber, wie von einem Windhauch ausgeblasen, auf einmal erloschen. Der König klopfte nun an der Türe des Schlosses. Die Türe ging auf, und ein altes Mütterchen trat heraus mit runzligem Gesicht und wackelndem Kopfe. »Bekomme ich hier Nachtherberge?« fragte der König, sobald er das Mütterchen sah.

»Müßt' Euch schon ein wenig gedulden«, erwiderte freundlich die Alte, »muß erst meinen Herrn fragen. Setzt Euch auf die Bank da, Ihr seid gewiß müde.«

Der König ließ sich das nicht zweimal sagen, stieg vom Pferd, setzte sich auf die Bank neben der Tür und spielte zur Kurzweil mit seinem Hund.

Bald ging die Türe wieder auf, und das Mütterchen kam zum Vorschein. Es tat recht freundlich und sagte: »Könnt hier bleiben, solang Ihr wollt. An guter Bewirtung wird's Euch nicht fehlen.«

Während sie dies sagte, zog sie eine Rute unter ihrem Tuch hervor, schlug damit dreimal auf den Stein, der neben dem König auf der Bank lag, und Hund und Roß und König waren in demselben Augenblick in Stein verwandelt.

Im Königsschloß wartete und wartete man, und die Hoffnung wurde von Tag zu Tag kleiner, die Furcht aber von Tag zu Tag größer. Wer immer und immer nicht kam, das war der junge König. Wie endlich auch das letzte Fünkchen Hoffnung auf seine Wiederkehr erlosch, war großer Jammer in der Stadt, denn alle Leute hatten den König lieb gehabt wie einen Vater.

Der jüngere aber von den zwei Fischersöhnen hatte auch in der Welt allerlei erfahren und sich nebenbei ein gutes Schwert erobert und bekam endlich Lust, wieder heimzugehen. Er machte sich also auf den Weg und ging und ging, bis er endlich zu dem Baume kam, in welchen die zwei Brüder ihre Messer gesteckt hatten. Sein erster Blick fiel auf das Messer seines Bruders, und er wurde ganz blaß vor Schrecken, als er dasselbe von Rost ganz rot gefärbt sah.

»O weh«, dachte er sich, »meinem Bruder ist etwas Schlimmes begegnet, ich muß ihn suchen und ihm helfen.« Er dachte nun nicht mehr ans Nachhausegehen, sondern schlug die rechte Straße ein, auf der sein Bruder fortgegangen war. Er dachte nicht viel ans Essen und Schlafen und wanderte rüstig vorwärts bei Tag und bei Nacht. Es wollte eben wieder dunkel werden, da sah er eine großmächtige Stadt vor sich, und wie er in dieselbe eintrat, sah er die Leute traurig herumstehen, lange Gesichter machen und die Köpfe fast bis auf die Zehen hängen. »Was mag doch dahintersein«, dachte er sich und fragte einen der Umstehenden, was denn der Stadt für ein Unglück begegnet sei.

»Wie soll es uns nicht zu Herzen gehen«, antwortete dieser, »da wir unseren jungen König, den wir alle so lieb hatten, verloren haben. Da ließ er sich neulich nicht aufhalten, sondern ritt dort hinüber in den dunkeln Wald, aus dem das Licht herüberleuchtete und woraus noch keine Menschenseele, die sich hineinwagte, zurückgekommen.«

»So also ist's?« erwiderte der Fischersohn und ging weiter. Aber was er gehört hatte, das schrieb er sich hinter die Ohren, und geraden Weges ging er hinaus in den Wald, aus dem der König nicht wiedergekehrt war. Er verlor das Licht nicht aus den Augen und schritt tapfer darauf los. Bald kam er zu einem großen Schloß, das stand an der Stelle, an der vorher das Licht geleuchtet hatte. Dieses aber war, wie von einem Windhauch ausgeblasen, auf einmal erloschen. Der Fischersohn klopfte nun an der Türe des Schlosses. Die Türe ging auf, und ein altes Mütterchen trat heraus mit runzligem Gesicht und wackelndem Kopfe. »Bekomme ich hier Nachtherberge?« fragte der Fischersohn, sobald er das Mütterchen sah.

»Müßt' Euch schon ein wenig gedulden« war wieder die Antwort, »muß erst meinen Herrn fragen. Setzt Euch auf die Bank da, Ihr seid gewiß müde.«

»Was gedulden, was Herrn fragen?« schrie zornig der Fischersohn. »Laß mich durch alle Gänge und Säle des Schlosses, oder ...!«

Bei diesen Worten zog er sein großes Schwert und fuchtelte damit um den Kopf der Alten herum. Diese fuhr vor Schrecken zusammen und schien zu verstehen, daß der Fischersohn nicht spaßte. »Um Himmels willen, laßt mich!« kreischte sie mit heiserer Stimme, »ich will den König schon wieder lebendig machen.«

Und schnell lief sie in das Schloß und kam augenblicklich mit einem Rütlein wieder und schlug damit dreimal auf den Stein, der auf der Bank lag. Beim ersten Streich sprang des Königs Hund auf und lief wie närrisch herum und bellte, beim zweiten erhob sich des Königs Pferd und schaute verwundert um sich her und wieherte, und beim dritten Streich aber stand der König selbst auf und schaute seinem Bruder in die Augen und erkannte und küßte ihn. Auch der jüngere Fischersohn erkannte, daß der König sein Bruder sei, und die zwei Brüder hatten eine Freude, wie nur die Engel im Himmel haben können. Sie gingen nun mitsammen in die Stadt, und da war ein Jubel, der gar nimmer aufhören wollte.

[Märchen aus Tirol]

Die Lebensbäume

Der Vater sagte zu seinem jüngsten Kind, das der Liebling aller war, die Mutter sei todkrank und werde den Abend nicht erleben, wenn kein Wunder geschehe. Das Kind ging trostlos herum und fragte die Leute, die ihm begegneten, was ein Wunder sei. Da kam eine bleiche Frau einher, die der Mutter so ähnlich sah, als wäre sie ihre Schwester. Die nahm das Kind bei der Hand und sprach zu ihm: »Ich weiß, wo eure Lebensbäume stehen und will dich hinführen, du mußt dir aber die Augen verbinden lassen und nie mehr den Weg finden, sonst ist es dein früher Tod, darfst auch zu Haus nicht sagen, wo du warst.« Als sie am Ort angelangt waren, zeigte die Frau mit dem Finger: »Das ist der Lebensbaum deiner Mutter; siehst du die Schlange an der Wurzel herumkriechen? Nimm einen Stein und zertrümmere ihr den Kopf, dann wird die Mutter genesen.«

Das Kind tat so, und zu Hause angekommen fand es die Mutter frisch und froh und großen Jubel bei dem Vater und bei den Geschwistern.

Als wieder ein Jahr um war, legte sich auch der Vater schwer darnieder. Das Kind konnte es nicht lassen, suchte lange nach den Lebensbäumen und fand endlich auch den des Vaters, an welchem die Schlange herumkroch. Es erschlug sie und sank dann selbst tot nieder. Da kam ein Engel Gottes und trug die Verklärte in den Himmel.

Der Vater war erschöpft eingeschlafen, als das böse Fieber vergangen war, da hatte er einen Traum, in dem er alles sah, was geschehen, und erzählte es beim Erwachen der Mutter, die in bitteres Weinen ausbrach. Dann aber lächelte sie unter ihren Tränen. Nun hatte das Haus einen Schutzgeist, wie es so leicht keinen wieder gibt.

[Ostpreußisches Märchen]

Nachwort

> *»Ihm ruhen noch im Zeitenschoße*
> *die schwarzen und die heitern Lose.«*
>
> *(Friedrich v. Schiller)*

Der Ursprung des Schicksalsglaubens liegt in der archetypischen Erfahrung des Menschen begründet, daß das Leben von unsichtbarer Macht und nach undurchschaubaren Gesetzmäßigkeiten gelenkt oder zumindest entscheidend beeinflußt wird. Die Erforschung und Deutung dieses in allen Zeiten geheimnisvollen Wirkens der Schicksalsmacht ist das Kernstück vieler vergangener Hochkulturen sowie der Weltreligionen. Die Fähigkeit zu Weissagung, Prophetie und Vorherbestimmung des Schicksals galt in vielen Völkern als königliche, ja göttliche Begabung – so etwa im Alten Ägypten und Babylonien und in der griechischen und römischen Antike. In der Mantik der Antike versucht der in seinem Wissen beschränkte Mensch in außerrationaler Weise an der Allwissenheit Gottes teilzunehmen, um zukünftige Ereignisse zu erkennen und Weisung für sein Handeln zu erfahren. Das Schicksal wird zum einen als unpersönliche Macht erlebt, zum anderen erfährt der Mensch sein Schicksal als Ausdruck eines persönlichen Gottes. Die religionsgeschichtliche und philosophische Frage, ob Götter- oder Schicksalsglaube ursprünglicher sei, bleibt ungeklärt. Viele Religionsphilosophen sehen im allerhöchsten Schicksalsglauben den Beginn der Religion überhaupt.

Märchen und Mythen aller Völker berichten von der elementaren Auseinandersetzung des Menschen mit dem Schicksal. Der Märchenheld symbolisiert eine glückliche Schicksalsbewältigung: Er meistert die Lösung schwierigster

Aufgaben, er überwindet unzählige Gefahren, er begegnet furchtlos dem Tod. Der Märchenheld bildet in seiner Idealität den Gegenpol zu den archetypischen Grundbefindlichkeiten des Menschen: dem Zweifel am Sinn des Lebens, der Ohnmacht gegenüber dem persönlichen Lebensschicksal, dem Aufbegehren gegen unbegreifliche Schicksalsschläge, der Angst vor dem Tode. In den Bildern und Symbolen der Märchen sind Weisheiten und Wahrheiten in Chiffren enthalten, die auch für den modernen Menschen nach wie vor eine besondere Bedeutung haben.

Das Schicksal kündigt sich an, es äußert sich in sichtbaren Zeichen, die der kundige Seher, Wahrsager, Prophet – oder die weise Frau, die Seherin antiker Religionen – deuten konnte. Solche Orakel und Weissage-Riten kannte jede große Kultur. Der babylonische Priester, der alttestamentarische Prophet, die weise Pythia des Delphischen Orakels und die Seherin Sibylla zu Cumae – sie alle beanspruchten, die geheimnisvollen Schicksalszeichen lesen und aus ihnen die Schicksale der Menschen, der Völker prophezeien zu können. Häufig offenbarte sich das Schicksal dem Kundigen auch im Traum oder in der Ekstase.

In den Märchen, Sagen und Mythen der Völker finden wir viele dieser Schicksalszeichen und -symbole wieder, die auf jene alten Bräuche der Schicksalsprophezeiung zurückweisen: den Flug der Vögel, den Stand der Sterne, das Wachsen und Verwelken des Schicksalsbaumes, das Brennen und Verlöschen des Lichtes, das Lesen des Schicksalsbuches und das Spinnen und Abschneiden des Lebensfadens.

In den Volkserzählungen legt das Schicksal häufig seine Numinosität und Anonymität ab und tritt als personifiziertes Schicksal, etwa in der Gestalt der Schicksalsfrauen – der Nornen (germanisch), der Moiren (griechisch), der Parzen (römisch) –, in Erscheinung. Die drei Schicksalsfrauen, die den Lebensfaden spinnen, bewahren und abschneiden, erscheinen bei der Geburt eines Kindes und prophezeien sein Schicksal.

Abb. 1: Marienleben; Albrecht Dürer, Holzschnitt, 1511

Sie sind zum wesentlichen Topos des Schicksalsbegriffes geworden.

Die Tatsache, daß in vielen Kulturen die Verehrung der Schicksalsfrauen in dem Bild der »Großen Göttin« oder der »Großen Mutter«, der Herrin der Zeit und des Schicksals, der Herrin des Sternenhimmels und der Erdentiefe, zusammenfließt, findet nicht nur in den Volksmärchen und Mythen, sondern auch in vielen Bildnissen der Kunst ihren Ausdruck. Dem Weiblichen zugeordnet sind die Bilder des Lebensfadens, der Spindel und des Webstuhls sowie das Bild des Mondes, der das ewige Werden und Vergehen symbolisiert. Die Schicksalsfrauen der Volksmärchen gehören zu den Gestalten der »Großen Göttin«. Alle großen »Weltmütter« – bei den Ägyptern, den Griechen oder auch in der nordischen Mythologie – waren Spinnerinnen und Weberinnen, so zum Beispiel die ägyptischen Göttinnen Neith, Netet oder Isis, die griechische Geburtsgöttin Eileithyia oder die nordische Göttin Urd. Die Märchengestalt der Holda-Perchta, der Frau Holle, trägt mit ihren spezifischen Symbolen – Webstuhl, Spindel, Faden (Knäuel) – deutliche Züge dieser mythischen Göttinnen.

Die weiblichen Schicksals- und Geburtsgöttinnen sind zumeist auch Mondgottheiten: Der Mond als Symbol des ewigen Wechsels von Hell und Dunkel, von Zeit und Vergänglichkeit, von Geburt und Tod ist in vielen Kulturen das zentrale Symbol des Weiblichen. »Als Herrin alles Lebendigen webt die Mondgottheit die Schicksale« (M. Eliade).

Im Zuge der Christianisierung nahm häufig Maria, die Mutter Gottes, den Platz der Mond- und Schicksalsgöttinnen ein: Maria wird in der Malerei und Skulptur des späten Mittelalters sehr häufig in der Mondsichel und mit einer Sternenkrone dargestellt (Abbildung 1). Maria, die Weltenmutter, ähnelt der Göttin Aphrodite mit dem sternenbesäten Mantel, sie steht auf der Mondsichel wie Artemis, trägt die Ähre als Symbol der Fruchtbarkeit wie Ceres oder Demeter und hat wie Ischtar die Taube bei sich.

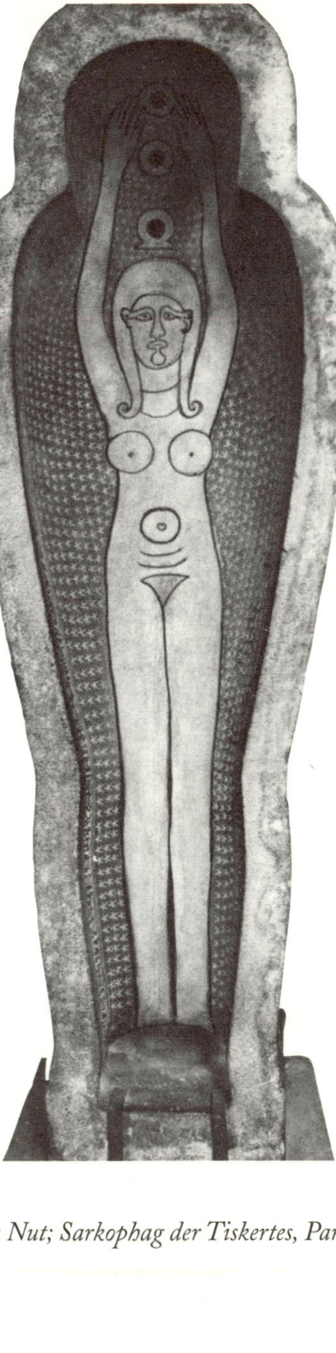

Abb. 2: Die Göttin Nut; Sarkophag der Tiskertes, Paris, Louvre

Aischylos und Hesiod benennen die Schicksalsgöttinnen als »Töchter der Nacht«, die »Urgöttin der Nacht« hat auch die Erinnyen (Rächerinnen von Freveln, auch segenspendende Erdgottheiten) hervorgebracht. Die Schicksalsgöttinnen sind immer Geburts- und Todesgöttinnen zugleich, Geburt, Leben und Tod bilden eine Einheit. Die altägyptischen Särge zeigen diesen mythischen Zusammenhang auf eindrückliche Weise: Auf der Innenseite der Särge ist die Himmelsgöttin, die Fruchtbarkeitsgöttin Nut, mit entblößten Brüsten und ausgebreiteten Armen dargestellt: Sie empfängt den Toten, in ihren Leib geht er ein und wird daraus neu geboren (Abbildung 2).

Die griechischen Schicksalskünderinnen, die Moiren, treten immer in der Dreizahl auf, was unter anderem auch die Zeitstufen des Werdens und Vergehens (Geburt – Leben – Tod) symbolisiert: Klotho spinnt den Lebensfaden, Lachesis hält ihn, und Atropos schneidet ihn ab (Abbildung 3).

Aus der nordischen Mythologie kennen wir die Nornen als die Todesgöttinnen, als Walküren. Das »Walkyrenlied« berichtet von zwölf Gestalten, die auf eine Webkammer zureiten und darin verschwinden. Dort weben die zwölf Weiber, die Walküren, auf grausige Art an einem Webstuhl besonderer Herkunft:

»Weit ist gespannt
zum Waltode
Webstuhls Wolke;
Wundtau regnet.
An Geren hat sich
Grau erhoben
Volksgewebe,
das die Freundinnen
Odins mit rotem
Einschlag füllen.«

(Thule, Altnordische Dichtung und Prosa)

Abb. 3: Die Erscheinung der drei Moiren Klotho, Lachesis und Atropos bei der Geburt des Achilles; Römisches Fußbodenmosaik, Villa des Theseus, Paphos, Zypern, 4. Jahrhundert v. Chr.

Das Bild der göttlichen Spinnerin und Weberin – auch in Gestalt von Sonne und Mond –, die das Schicksal der Welt »wirkt«, taucht auch in Welterschaffungsmythen auf. In einem alten schwedischen Lied heißt es:

»Frau Sonne saß auf nacktem Stein
und spann auf ihrem vergoldeten Rocken
drei Stunden bevor die Sonne aufging …«

Folgende Strophe stammt aus einem estnischen Lied:

»Aufschlag ward gewebt beim Mittag,
Einschlag in des Frührots Hause,
Anders in der Sonne Halle
Auf dem Webstuhl gewirket,
Auf den Tritten abgetänzelt
Goldgewand gewebt dem Monde,
Schimmerschleier dem Sönnelein …«

Goethe verwendete in bezug auf das Schicksal das Sprachbild vom Weben. In »Faust I« läßt er den Erdgeist sprechen: »So schaff ich am sausenden Webstuhl der Zeit und wirke der Gottheit lebendiges Kleid« (»Faust I«, Erdgeist-Szene).

Plato teilt den Kosmos in acht Himmelssphären ein, die alle an einer Spindel befestigt sind: »Die Spindel aber dreht sich im Schoß der Ananke.«

Ananke, die vergöttlichte Naturnotwendigkeit, gilt als Mutter der Moiren (Platon), sie ist die anfängliche Potenz, die »Weltenlenkerin mit diamantener Spindel«, die das Sein in den Grenzen hält und den Göttern überlegen ist.

Ananke ist auch die Mutter der Heimarmene, des unbedingt zwingenden Schicksals, das wiederum häufig mit Klotho, Lachesis und Atropos gleichgesetzt wurde.

Es ist sehr bedeutungsvoll, daß dieses uralte Bild der schicksalsspinnenden Weltenmütter auf vielen frühchristlichen Mariendarstellungen – insbesondere in der Verkündigungsszene – wiederzuentdecken ist. (Bis zum Beginn der Gotik wurde die Verkündigungsszene nach den apokryphen Schriften der Bibel dargestellt: Danach lebte Maria bis zu ihrem 12. Lebensjahr als Spinnerin und Weberin im Tempel. Dann kam sie ins Haus Josephs, wo sie weiterhin die Purpurwolle für den Tempelvorhang spann.)

Auf vielen Darstellungen hält Maria beim Erscheinen des Engels Gabriel eine Spindel mit einem langen Faden in der Hand (Abbildung 4). Dieser Topos trägt Symbolcharakter – hier lebt der alte heidnische Mythos der Schicksalsfrauen weiter, unbemerkt sozusagen. Der fromme Betrachter sieht darin zunächst Maria bei der täglichen, typisch weiblichen Arbeit, dem Spinnen. Dahinter jedoch verbirgt sich ein großer mythengeschichtlicher Zusammenhang: Maria, die Christusmutter, welche die Spindel mit dem Lebensfaden in ihrer Hand hält, ist die Lenkerin des menschlichen Schicksals wie auch des Weltenschicksals.

Die Schicksalsgestalten und -symbole des europäischen Märchens enthalten Parallelen zu den Schicksalsauffassungen der Alten Welt (Ägyptens und Babyloniens) sowie denen der griechischen und römischen Antike.

Die Zeiteinteilung war für die Ägypter sehr wichtig, die Zeit hatte eine schicksalsbestimmende Macht. Hieroglyphentexte auf verschiedenen Papyri aus dem 3. Jahrtausend vor Christus enthalten erste Kalender mit der Kennzeichnung günstiger und ungünstiger Tage – man könnte sie auch als »erste Horoskope« bezeichnen. Einige Texte kennen Göttergestalten, die der Schicksalsmacht eng verbunden sind. Es sind dies in dem altägyptischen Märchen »Der verwunschene Prinz« die Hathoren (abgeleitet von der Göttin Hathor). Sie erscheinen nach der Geburt eines Kindes, eines Königs, und künden ihm sein Schicksal. Hier läßt sich eine mythologische Parallele zu den Moiren, Parzen, Nornen und den Schicksalsfrauen des Volksmärchens ziehen.

Abb. 4: Maria mit der Spindel, Verkündigungsszene; Teil eines Diptychons in Tempera auf Holz, Addis Abeba, Äthiopien, 17./18. Jahrhundert

Brauchtum und Aberglaube zeigen heute noch Züge der babylonischen Schicksalsauffassung. Die Babylonier verehrten mehrere schicksalsbestimmende Gottheiten, unter anderem:

- Enlil: »Herr, der die Geschichte bestimmt.«
- Nina: »Herrin, welche wie Enlil die Schicksalslose bestimmt.«
- Nintu: »Die Göttin, welche im Himmel und auf der Erde die Geschichte bestimmt; Mutter der Götter.«

Die drei großen Gottheiten des Himmels (Anu, später Marduk), der Erde und der Luft (Enlil) und der Wassertiefe (Ea) werden durch die Triade der astralen Gottheiten der Sonne (Schamasch), des Mondes (Sin) und des Venussternes (Ischtar) ergänzt. Der größte und bedeutendste Gott der Babylonier war der Gott Marduk, der »Schicksalsbestimmer«. Am Neujahrsfest (der Frühjahrs-Tagundnachtgleiche), dem Tag der babylonischen Schicksalsbestimmung, ergriff Nabu, der göttliche Schreiber, den Griffel, um das Schicksal für das kommende Jahr festzusetzen.

Der astrale Schicksalsglaube der Babylonier wirkt fort bis in die Jetztzeit. Der Lauf der Sterne galt dem babylonischen Priester als allwaltende Schicksalsmacht, als »Schrift des Himmels«. Der Schicksalsglaube beinhaltete, daß die Konstellation der Sterne Geburt, Krankheit und Tod beeinflußte. Jeder Planet regierte einen Tag, dies können wir noch heute an unseren Tagesnamen ablesen, zum Beispiel: Mittwoch – Mercredi – Merkur / Donnerstag – Donnar – Jupiter / Freitag – Freia / Venus – Vendredi / Samstag – Saturday – Saturn.

Ein Nachklang dieses astralen Schicksalsglaubens findet sich auch in den Volksmärchen: Sonne, Mond und Sterne treten häufig als weissagende Märchengestalten auf, insbesondere als Figurationen weiblicher Schicksalsmacht.

Der zauberkundige babylonische Priester deutete durch eine komplizierte Zeichen-Wissenschaft die Zukunft, zum

Abb. 5: Der Wahrsager Kalchas bei der Untersuchung einer Tierleber; Rückseite eines etruskischen Bronzespiegels, Vulci, Anfang 4. Jahrhundert v. Chr.

Beispiel bei der sogenannten »Leberschau« (Abbildung 5). Aus der Beschaffenheit der Leber des Opfertieres las der Priester das Schicksal. Der römische Schriftsteller Livius berichtet von den etruskischen Haruspices (2. Jahrhundert v. Chr.), die ebenfalls noch die Leberschau praktizierten.

Eine weitere Art, das Schicksal zu deuten, war die Becherwahrsagung: Der Priester prophezeite die Zukunft aus der Bildung des Öltropfens, der ins Wasser fiel. Im Alten Testament finden wir oft das Wort »Becher« für »Anteil« oder »Geschick«. In Psalm 23, 5 heißt es: »Du salbest mein Haupt mit Öl und schenkest mir voll ein …«. Wörtlich übersetzt heißt dies: Mein Becher, mein Geschick ist Fülle, Überfluß.

Der babylonische Schicksalsglaube manifestiert sich in dem ersten großen Epos der Weltliteratur, dem »Gilgamesch-Epos«, also in den mythischen und sagenhaften Erzählungen um den Helden und König Gilgamesch, den Herrscher im Land der Sumerer, der nach gewaltigen Heldentaten dem Schicksal aller Menschen – dem Tod – entgehen will und sich auf die Suche nach dem ewigen Leben begibt.

Insbesondere der griechische Schicksalsbegriff übte großen Einfluß auf die europäischen Volksmärchen aus. Homer berichtet in der »Ilias« und der »Odyssee« von den Schicksalsfrauen, den Moiren: »Künftig indes erdulde er, was ihm das Schicksal, als ihn die Mutter gebar, in den werdenden Faden gesponnen« (»Ilias«, 20, 127 f.). Achill muß also seinen vorherbestimmten Weg gehen, obwohl die Götter Poseidon und Athene ihn schützen; das Schicksal, die Moira, ist stärker als die Götter selbst.

Auch Odysseus ist den »unerbittlichen Schwestern«, den Schicksalsfrauen, ausgeliefert: »Dort begegn' ihm, was ihm das Schicksal bestimmt, und die unerbittlichen Schwestern ihm bei seiner Geburt in den werdenden Faden gesponnen« (»Odyssee« VII, 196 f.).

Das griechische Wort »Schicksal« kann man mit »Teil«, »Anteil«, »Zugeteiltes« übersetzen. Der griechische Begriff

Abb. 6: Die drei Parzen; Hans Baldung Grien, Holzschnitt, 1513

»Moira« bedeutete zunächst eine unpersönliche Gesetzmäßigkeit, der die Menschen ausgeliefert waren. Später wurde der abstrakte Begriff personifiziert: Die Moiren sind die »Zuteilerinnen« des Schicksals. Als Spinnerinnen treten sie stets in der Dreizahl auf: Klotho – Lachesis – Atropos. Hesiod bezeichnet sie in ihrer Funktion näher: Klotho symbolisiert das stille Wirken und Ineinanderweben der Lebensfäden, Lachesis das Zufällige des Loses und Atropos die Unabwendbarkeit des Schicksals.

Wie verschiedenartig die griechischen Schicksalsgöttinnen im Laufe der Jahrhunderte interpretiert wurden, sollen zwei Beispiele aus der Kunstgeschichte zeigen: Hans Baldung Griens Parzen (1513) sind abstoßende Hexen – das Weltbild des späten Mittelalters verbannte die ›heidnischen‹ Göttinnen ins Dämonisch-Böse (Abbildung 6); Johann Heinrich Danneckers Plastik (1791) dagegen verwandelt die Parzen in schöne, anmutig-melancholische Grazien, denn für Friedrich Schillers Zeitgenosse war die griechische Klassik vorbildhaft und bedeutete höchste Vollkommenheit (Abbildung 7).

Meistens erscheinen die drei Moiren in Verbindung mit anderen Göttinnen, so zum Beispiel der Geburtsgöttin Eileithyia, die als Schwester der Moiren gilt.

Auch die Erinnyen werden mit den Moiren in Verbindung gebracht. Sie wachen darüber, daß der Mensch die Grenzen seines Schicksals nicht überschreitet, sonst greifen sie rächend ein, furchtbar und gnadenlos. Einen ruhigeren Charakter tragen die Eumeniden der Spätantike.

Bei Pindar finden wir den Begriff der »Tyche«, der dem »Zufall« entspricht. Für Pindar ist Tyche auch eine Schwester der Moiren. Wo sich ein Lebensweg plötzlich wendet, spricht der Grieche vom Eingreifen der Göttin Tyche.

Die antike Tradition überliefert, daß in Delphi neben dem berühmten Orakel der Pythia im Apollontempel jede Art von Weissagung bekannt war: die Prophezeiung des Schicksals

Abb. 7: Die drei Parzen; Johann Heinrich Dannecker, 1791

aus dem Vogelflug, die Eingeweideschau, die Traumdeutung, die Opferfeuerweissagung und das Losorakel mit Kieselsteinen.

Ursprünglich war die Erdmutter Gaia die heilige Göttin des Delphischen Orakels. Der Omphalos, ihr maternales Wahrzeichen, Nabel der Welt und Fruchtbarkeitssymbol, wurde von Gaias Sohn Python, einem Drachen, bewacht. Man glaubte, daß der Erde prophetische Kraft innewohne. In der Erde hausende Höhlengeister in der Gestalt von Schlangen, so zum Beispiel Trophonios und Asklepios, besaßen kraft ihrer chthonischen Natur auch die Gabe der Mantik und wurden zu Orakelgeistern. Der griechische Mythos erzählt von der Eroberung und Besitzergreifung des einst matriarchalischen Erdorakels durch Apollon. Er erschlug den Drachen Python und wurde so zum Gott der Weissagung und des Delphischen Orakels. Noch heute kann man die Reste des berühmten Apollontempels im Delphischen Heiligtum bewundern.

Wenn der Gott dem Tag der Orakelerteilung zustimmte (Opfer), empfing die Pythia – auf dem heiligen Dreifuß sitzend – das Orakel: Tief in Ekstase versetzt, sprach sie unartikulierte »göttliche Worte«. Niemand durfte sie dabei sehen, sie war durch eine Wand verdeckt. Die »Propheten« verkündeten, das heißt, sie deuteten die geheimnisvollen Worte und faßten sie in Hexameter. Noch heute ist der genaue Prozeß der Orakelgebung ungeklärt. Das Kauen von berauschenden Pflanzen wie Efeu und Lorbeer sowie die betäubende Wirkung der an der Orakelstätte ausströmenden Dämpfe mögen eine nicht unerhebliche Rolle dabei gespielt haben.

Die altrömische Religion kannte keine Schicksalsmacht, welche den Willen der Götter beeinflußte. Jedoch brachte die griechische Bildung die Begriffe des Schicksals und der Moiren nach Rom. Parca (von »parere«: gebären) ist die römische Göttin der Geburt. Die Parcae wurden später den Moiren gleichgesetzt. So entstand der Begriff der Parzen. Die Parzen führen den Willen Jupiters aus und knüpfen, gleich den Moiren, bei der Geburt des Menschen den Lebensfaden, sie spinnen ihn und schneiden ihn ab. Ein zweiter Begriff, den wir heute noch verwenden, ist das Wort »Fatum«, das so viel bedeutet wie »Götterspruch«, »Götterwille«, aber auch »Geschick«, »Verhängnis«, »Tod«. Die Fata Scribunda sind die Schicksalsgöttinnen, die den heiligen Schicksalsspruch Jupiters aufzeichneten.

Unter dem Einfluß der Gestalt der Parzen erschienen die Fata nun auch in der bekannten Dreierfiguration. Auf spätrömischen Weihinschriften ist von dem Auftreten der Tria Fata zu lesen. Diese Fata haben als Trägerinnen römischen Schicksalsglaubens in allen romanischen Sprachen weitergelebt und sind mit den Vorstellungen der Kelten und Germanen vermischt worden. Die Feen des romanischen Sprachbereichs haben im Märchen auch viele andere Funktionen, jedoch ist das Wort »Fee« ursprünglich auf »fada« (provençalisch) beziehungsweise »fata« (lateinisch) zurückzuführen. Gerade die ältesten französischen Literaturbelege zeigen uns die Feen als Herrinnen des Schicksals.

In seiner Dichtung »Aeneis« schildert Vergil Wesen und Wirkung der großen Seherin, der Sibylle von Cumae. Noch heute kann man den antiken Ort besuchen und die geheimnisvolle Grotte der Sibylle betreten.

»Ausgehöhlt ist Kumaes Fels zur riesigen Grotte,
breit ziehn hundert Schächte hinab, der Mündungen hundert,
hundertfältigen Lauts dröhnt der Spruch der Sibylle.
Kaum an der Schwelle, begann die Jungfrau: ›Zeit ist, zu flehn um
Schicksalsspruch. Der Gott, o siehe, der Gott!‹ So rief sie,
stand am Tor, jäh wechselt ihr Antlitz, wechselt die Farbe,
hoch auf flattert ihr Haar, hart keucht ihre Brust, voller Wut schwillt

wild ihr Herz, hoch wächst sie und wächst, kein sterbliches Wort mehr
spricht sie, steht im Anhauch ganz des näher und näher waltenden Gottes ...«

(»Aeneis«, VI. Buch)

Die Ur-Sibylle kam aus Kleinasien und trat über Griechenland ihren Siegeszug nach Rom an. Eine Legende erzählt, daß die Sibylle von Erythrai im Alter von 700 Jahren nach Cumae gekommen sei. Sie soll ihre Weissagungen auf Palmblätter geschrieben haben. Die daraus entstandene Orakelsammlung, die »Sibyllinischen Orakelbücher« – die römisch-heidnischen Aufzeichnungen wurden später durch christlich-jüdische Anmerkungen ergänzt und kommentiert –, erlangten im Mittelalter hohe politische und religiöse Bedeutung. Die zwölf Sibyllen mit den großen Propheten des Alten Testaments (vergleiche Michelangelos Fresko in der »Sixtinischen Kapelle«, Abbildung 8) stellen eine großartig-imposante Zusammenschau der heidnisch-christlichen Prophetie und Weissagung dar.

Das Schicksal war ein zentraler Begriff in der germanischen Mythologie. In den indogermanischen Sprachen gibt es mehrere Wörter für »Schicksal«, so zum Beispiel »wurt« (althochdeutsch) und » wyrd« (altenglisch), das zunächst »werden« bedeutete, später aber auch »Verhängnis«. Das Altenglische »meothod« bedeutet »die zumessende Schicksalsmacht«. Dieser Schicksalsbegriff war zunächst eine abstrakte, numinose Gewalt. Trat das Schicksal in der Dichtung als Person auf, so war es stets von weiblicher Gestalt. Auch die indogermanischen Völker verehrten weibliche Schicksalsgöttinnen, die oft auch als Geburtshelferinnen angerufen wurden.

Wurd galt als die höchste Schicksalsmacht. Im Nordischen tauchen sodann die drei Göttinnen Urd, Verdandi und Skuld als Lenkerinnen des Lebensschicksals auf: die Nornen. In der »Volsunga-Sage« (»Völuspa«, der »Seherin Ge-

Abb. 8: Die Delphische Sibylle; Michelangelo, Teil des Deckengemäldes in der Sixtinischen Kapelle, Rom

sicht«, Götterlieder aus der »Älteren Edda«) wird der Held Helgi von den Nornen dazu bestimmt, der berühmteste aller Könige zu werden. Die Nornen bestimmen auch die Stunde des Todes, sie werden deshalb auch häßlich und elend genannt.

»Nacht war's im Hof,
Nornen kamen,
sie schufen das Schicksal dem
Schatzspender: (...)
Sie schnürten mächtig
Schicksalsfäden.«

Die drei Nornen Urd, Verdandi und Skuld wohnen an den mächtigen Wurzeln des Weltenbaumes Yggdrasill. Das Schicksal wächst wie ein Baum, eine große Esche, die tief im Erdreich verwurzelt ist, neun Weltreiche umklammernd, und hoch und gewaltig in den Himmel hinaufragt. Auf diese Weise wird die mythische Einheit von Himmel, Erde und Unterwelt und gleichzeitig von Vergangenem, Jetzigem und Zukünftigem symbolisiert. So ist des Schicksals Wirken ein ewiges Wachsen und Werden, aber auch Vergehen. (Urd bedeutet »todesgrimm«.)

Die drei Nornen wohnen am Urdbrunnen und besprengen den Baum mit Lebenswasser, damit er nicht faule. Sie verkörpern wie die großen Erd- und Muttergöttinnen das Lebens- sowie das Todeselement.

Drei Schicksalsfrauen

Die weiblichen Schicksalsgestalten der Volksmärchen tragen Züge der großen Mutter-, Mond- und Geburtsgöttinnen der Alten Welt und der Antike.

»Der verwunschene Prinz«, dem die Schicksalsgöttinnen, die Hathoren, sein Schicksal bestimmen, gilt als das »märchenhafteste Märchen Ägyptens« (E. Brunner-Traut). Viele Motive europäischer Märchen tauchen hier bereits in dem um etwa 1290 v. Chr. aufgezeichneten Hieroglyphentext auf: Der Königssohn wird wie Dornröschen in einen Turm eingeschlossen, um seinem Schicksalsspruch zu entgehen. Die Prinzessin ist nur durch die mutige Erfüllung einer schwierigen Aufgabe zu gewinnen, das böse Schicksal wendet sich unter anderem durch die Tapferkeit des Helden zum Guten. E.Brunner-Traut weist darauf hin, daß das Schicksal hier nicht als unausweichlich im Sinne der griechischen Religion zu verstehen sei, sondern so viel bedeute wie »Lebenszeit«. Das Schicksal ist nicht ausweglos, sondern kann durch die Tapferkeit und Tugend des Helden abgewendet werden.

Die märchenhafte Erzählung »Die schöne Zelandine« (in gekürzter Fassung) ist Teil des mittelalterlichen altfranzösischen Romans »Perceforest« (1340). Diese Fassung des »Dornröschen«-Märchens ist wohl die älteste uns erhaltene Lesart, sie enthält viele Motive aus der griechischen und römischen Mythologie: Hier treten die drei Göttinnen Lucida, Themis und Venus als Schicksalskünderinnen auf. Themis (in der griechischen Mythologie Göttin des »altgeheiligten Rechts«, aber auch »Mutter der Moiren«) legt Zelandine das Schicksal auf, daß sie sich an einer Flachsfaser schneiden und in einen tiefen Schlaf sinken solle. Venus, die Göttin der Liebe, kann den harten Spruch aufheben und prophezeit eine glückliche Erlösung aus dem Schlaf. Erst spätere Fassungen haben das Schicksalhafte der Göttinnen ins Symbolische verdichtet, aus den Göttinnen werden Feen, die Spindel wird zum Symbol des Schicksalhaften schlechthin. Das bekannteste Schicksalsmärchen von der Spindel ist das »Dornröschen«-Märchen der Brüder Grimm. In der 13. Fee erkennt man die dritte Moire, welche oft eine Verzauberung verhängt oder einen Todesspruch fällt. Das fehlende Gedeck, die gekränkte Fee und ihre Rache, dies sind Motive, die in den sogenannten Moirenbräuchen noch heute bekannt und lebendig sind: Am dritten Tag nach der Geburt eines Kindes werden in manchen Gegenden Griechenlands Haus und Hof gereinigt, um die Moiren festlich zu empfangen und freundlich zu stimmen, so daß sie dem Neugeborenen ein glückliches Schicksal weissagen mögen.

So prophezeien die drei Schicksalsfrauen, die Moiren, Abbilder der griechischen Schicksalsgöttinnen Klotho, Lachesis und Atropos, in dem griechischen Märchen »Der Spruch der Moiren« das Schicksal des Märchenhelden.

Die Schicksalsfrauen sind auch Gestalten der »Großen Mutter«-Göttinnen, deren Attribute das Spinnrad, der Webstuhl und der Mond sind. Dieser mythengeschichtliche Zusammenhang wird in dem Märchen der Brüder Grimm vom »Prinz Schwan« besonders deutlich: Drei Mütterchen – sie heißen Mond, Sonne und Stern – schenken dem Mädchen das goldene Spinnrädchen, die goldene Haspel und die goldene Spindel. Mit diesen Schicksalssymbolen kann sie den Prinzen erlösen.

In dem griechischen Märchen »Tischtuch und Goldhuhn« erscheint die Schicksalsgöttin als »Herrin über Erde und Meer«. Sie wohnt in der Tiefe des Erdinnern und trägt einerseits die Züge der alten Erd- und Fruchtbarkeitsgöttinnen, andererseits besitzt sie auch christliche Attribute. Man könnte sie gleichsam als eine »Ahnfrau« der Mutter Gottes bezeichnen.

»Die drei goldenen Haare des Großväterchens Allwisser« ist eine tschechische Variante eines verbreiteten Typs des Schicksalsmärchens: Die Moiren mit den drei Lebenslichtern prophezeien die unerwünschte Heirat zwischen der Tochter des Königs und dem gerade geborenen Jungen niederen Standes.

Auch die griechische Sage von Alkestis taucht in vielen Volksmärchen bruchstückweise wieder auf: Dem König

Admet ist es bestimmt, nach seiner Hochzeit mit Alkestis zu sterben. Apollo bewirkt ein Ersatzopfer bei den Moiren, Alkestis will sich für ihn opfern, Herakles kämpft sie wieder frei und bringt sie zu Admet zurück. Dieses Motiv des Ersatzopfers kehrt in dem mazedonischen Märchen »Der Prinz und die drei Feen« wieder.

Im Isländischen heißen die Nornen häufig Völvur. Es sind Frauen, die mit der Sehergabe ausgestattet sind. In dem isländischen Märchen »Der Fluch der Patin« erscheinen bei der Geburt drei blaugekleidete Frauen, welche – ähnlich den Moiren – das Schicksal künden.

In dem ostpreußischen Märchen »So lieb wie das Leben« erscheinen die drei Nornen in der Dreiergestalt Mädchen – Frau – Alte, wie wir sie auf Hans Baldung Griens Holzschnitt (S. 166) sehen.

In dem sizilianischen Märchen »Die Geschichte von Caterina und ihrem Schicksal« begegnet Caterina ihrem Schicksal in personifizierter Gestalt:

Die schöne Frau mit einem Rad in der Hand erinnert an das Symbol des »Rads der Mutter Natur und des Schicksals«, das – von der Erdmuttergöttin gehalten – auch den ewigen Kreislauf der Zeiten darstellt.

Die arabischen Schicksalsmärchen wurzeln in der mohammedanischen Religion: Das Kismet, das unabänderliche Schicksal, ist jedem Menschen von Allah zugewiesen worden, alles hat Allah zur Zeit der Schöpfung festgelegt, gleichermaßen auch jeden Augenblick im Leben der ungezählten ungeborenen Menschen. »Der blaue Palmbaum« illustriert die mohammedanische Lehre vom Kismet auf liebenswürdige Weise.

Weissagung und Glück

Die berühmteste antike Seherin, die das Schicksal der Menschen vorhersagte, war die Pythia zu Delphi. Im Innersten des Apollon-Tempels – Apollon war der griechische Gott der Weissagung – verkündigte sie, auf einem heiligen Dreifuß sitzend und tief in Ekstase versunken, dunkle und doppeldeutige Orakel, die von kundigen Priestern ausgelegt wurden.

Die Märchen erzählen von weisen Frauen, aber auch von Zauberern, Wahrsagern und Sterndeutern, die den Menschen ihr Glück und Schicksal weissagen. Märchen mit männlichen Schicksalsgestalten sind seltener, sie sind beeinflußt vom arabisch-orientalischen Erzählgut.

In dem arabischen Märchen »Die Geschichte des dritten Bettelmönches« (gekürzt) aus »Tausendundeine Nacht« wird das Wirken des unerbittlichen Kismets dargestellt: Gerade dadurch, daß der Mensch seinem Schicksal zu entfliehen versucht, erfüllt sich das von Sterndeutern und Weisen vorausgesagte Geschehen. Der Freund tötet den geliebten Jüngling durch ein Versehen.

Ein Sterndeuter prophezeit in dem sizilianischen Märchen »Vom Schicksal des tapferen Königssohnes« dem König, daß sein eben geborener Sohn ihm dereinst den Kopf abhauen werde – eine märchenhafte Variante des Ödipusmotivs. Der bekannteste tragische Schicksalsstoff der griechischen Antike ist Sophokles' Tragödie »Oidipus tyrannos«: Ödipus, König von Theben, ist, ohne es zu wissen, der Mörder seines Vaters Laius und der Gatte seiner Mutter Iocasta. Das tragische Schicksal erfüllt sich gemäß den Prophezeiungen des Orakels gerade dadurch, daß der Mensch ihm zu entfliehen sucht.

Auch in anderen griechischen Volksmärchen finden sich Bruchstücke jener alten Mythen, die möglicherweise schon in der vorsophokleischen Zeit zum griechischen Erzählgut gehörten, so zum Beispiel »Die Rätselwette«, ein Märchenfragment, das von den geheimnisvollen Rätseln der Sphinx berichtet, die Ödipus lösen mußte.(Die Motive vom »Vatermord« und »Mutterinzest« entfallen.)

Das englische Märchen »Der Fisch und der Ring« erzählt von einem weisen Zauberer, der die Zukunft aus einem Buch des Schicksals lesen kann. Dieses Motiv kehrt in vielen Märchen wieder.

Das Märchen »Der halbe Mann und der Gott des Schicksals« aus Ceylon trägt Züge der buddhistischen Schicksalsidee. Sich gegen das Schicksal aufzulehnen, ist völlig sinnlos, auch der Gott des Schicksals ist dem Wirken der Schicksalsmacht ausgeliefert.

Häufig tritt das Schicksal als männliche, göttergleiche Gestalt auf: In dem afrikanischen Märchen »Das schlafende Schicksal« muß das gute Schicksal, das sich allen Unglücklichen verweigert, erst noch geweckt werden.

Das deutsche Märchen »Das Schloß des Todes« – es ist dies der imaginäre Ort, wo die Lebenslichter aller Menschen brennen und verlöschen – thematisiert den uralten Wunsch des Menschen, die Macht des Todes außer Kraft zu setzen. Der Tod tritt hier jedoch als freundlicher Gevatter, als wertvoller Freund des Menschen auf, der ihn zum Glück führt.

Schicksalszeichen

Zahlreich sind die Schicksalszeichen, die dem Weisen das Schicksal künden. Viele dieser Zeichen gehen auf die alten Mythen und Orakelriten der Babylonier, Griechen, Römer und Germanen zurück. Ihre Bedeutung ist uns heute fremd geworden, das Volksmärchen jedoch hat sie bewahrt.

In dem ungarischen Märchen »Glückes Glück« sind Vögel die Schicksalskünder: Drei Krähen, drei Tauben und drei Adler prophezeien das tragische Schicksal eines neuvermähl-

Abb. 9: Der Gott der Weissagung, Apollon mit schwarzem Raben; Altrömisches Fresko

ten Paares. Die Antike kannte die Orakeldeutung aus dem Vogelflug. Der Vogel galt in vielen alten Kulturen als Seelenvogel, als Verkörperung einer Gottheit, zum Beispiel der Taubengöttin Ischtar. Die Krähe und der Rabe werden in vielen Völkern Europas und Asiens als Orakelvögel bezeichnet, auch die Walküren zeigen sich oft in Rabengestalt. Der Rabe ist auch der heilige Vogel des Gottes Apollon, des griechischen Gottes der Weissagung (Abbildung 9).

Das Symbol des Brunnens ist in seiner Dualität von Hell und Dunkel, von Oben und Unten, von Leben und Tod gleichzeitig der Ort der Erdmutter- und Fruchtbarkeitsgöttinnen, im Märchen ist dies Frau Holle, die schicksalhaft über Leben und Tod entscheidet.

Das englische Märchen »Die drei goldenen Köpfe im Brunnen« verbindet den alten keltischen Kopfkult – der Kopf galt den Kelten als Sitz der Seele, der Macht und der Stärke – mit dem mythischen Bild des schicksalskündenden Brunnens. Die drei weissagenden Köpfe erinnern an die Hexenszene in Shakespeares Tragödie »Macbeth«. Die drei Hexen heißen im Englischen »the wierd sisters«; »wierd« hängt etymologisch mit »wyrd« zusammen und damit auch mit dem altenglischen »wurd« und dem Namen der Norne Urd in der germanischen Mythologie.

Viele Märchen erzählen von der Schicksalsoffenbarung im Traum. Die Traumdeutung stellte schon in der Antike und im Altertum neben dem Orakel und der Opferschau einen wesentlichen Teil der Mantik dar, der Kunst, künftige Ereignisse zu deuten und zu erkennen. Die großen Dichter und Philosophen wie zum Beispiel Homer, Sokrates, Platon und Aristoteles äußerten sich alle über die verschiedenen Möglichkeiten von Traumdeutung und Traumoffenbarung.

Der Held des russischen Märchens »Der Traum« glaubt seinem Traumgesicht, handelt entsprechend und kann so sein schweres Schicksal meistern. Auch das orientalische Märchen »Bossaldabs Gesicht«, das von dem Kismet, dem unabänderlichen, von Allah wohl zugeteilten Schicksal kündet, erzählt von der Traumvision als einer realen Möglichkeit, die Zukunft zu schauen.

In der griechischen Mythologie galt die Schlange als Symbol der Prophetie und Weissagung. Auch den Gott Asklepios dachte man sich ursprünglich als Orakelgeist in Schlangengestalt. Den Mittelpunkt des Asklepios-Kultes (berühmtester Ort: Epidauros) bildete die Deutung der Träume und Visionen, welche die Ratsuchenden im Inkubationsschlaf erhalten hatten. Im Traum verkündete der Gott die richtigen Heilmittel und gab Aufschluß über die Gesundung der Kranken. Bei der Gründung neuer Heiligtümer wurde die Schlange als Inkarnation des Gottes Asklepios in feierlichem Zuge mitgeführt.

Die Schlange galt als das »allergeistigste Tier« (Philo von Byblos), man sah in ihr auch das Seelentier. Auch im deutschen Volksgut findet sich der ähnliche Gedanke, daß im Schlaf die Seele als Schlange dem Menschen entschlüpfe. Was sie erlebt, träumt der Mensch. Von diesem »wunderbaren Gesicht« erzählen die Brüder Grimm in der Sage »Der schlafende König«.

Die uralte mythische Vorstellung von dem Weltenbaum, dem Baum des Lebens, dem Schicksalsbaum findet ihren Niederschlag in vielen Volksmärchen. Im Märchen erscheint der Baum als ebenbürtiges Lebewesen neben Mensch und Tier, er handelt und spricht. Der Baum ist mit göttlichen und magischen Fähigkeiten ausgestattet, so daß der Märchenheld bei ihm Schutz und Hilfe findet. Die Priester der griechischen Antike konnten aus dem Rauschen der Zeuseiche (Dordona) die Stimme des Gottes hören. Alexander der Große ließ sich sein Schicksal von weissagenden Bäumen deuten: Der »Sonnenbaum« und der »Mondbaum« haben ihm den baldigen Tod vorausgesagt.

In dem rumänischen Märchen »Der Kaiser mit den zwei Frauen« kann Urväterchen-Allesweiß aus den herabfallenden Blättern eines Apfelbaumes das Schicksal des Kaisers lesen.

Volksmärchen erzählen von der engen magischen Verknüpfung zwischen Mensch und Baum. Das Volksbrauchtum weiß davon, daß der bei der Geburt gepflanzte Baum eng mit dem Schicksal des neugeborenen Kindes verbunden ist. Viele Volkserzählungen berichten davon, daß der blühende Baum Leben und Gesundheit, der verdorrte Baum aber Krankheit und Tod bedeutet.

In dem Tiroler Märchen »Die zwei Fischersöhne« stoßen die Brüder zum Abschied ein blankes Messer in den Baumstamm, das ihnen das Schicksal künden soll. Das rostende Messer und der verdorrende Baum sind ein Zeichen der Gefahr, falls dem Bruder ein Unglück widerfahren ist.

Das ostpreußische Märchen »Die Lebensbäume« berichtet von dem geheimen Ort, an dem die Lebensbäume der Menschen wachsen. Gelingt es, den Baum vor dem Verdorren zu bewahren, so ist auch das Leben des damit verbundenen Menschen gerettet.

Dettenhausen/Tübingen *Barbara Stamer*
Frühjahr 2003

Quellenverzeichnis

Drei Schicksalsfrauen

Der verwunschene Prinz
Emma Brunner-Traut: *Altägyptische Märchen, Mythen und andere volkstümliche Erzählungen*, München 1991

Die schöne Zelandine
Nach dem altfranzösischen Roman *Le roman de Perceforest*, Druck von Galliot du Pré, Paris 1531. Stark gekürzt und bearbeitet von Barbara Stamer

Der Spruch der Moiren
Bernhard Schmidt: *Griechische Märchen, Sagen und Volkslieder*, Leipzig 1877

Prinz Schwan
Aus: *Kinder- und Hausmärchen der Brüder Grimm,* Ausgabe letzter Hand, Göttingen 1854

Tischtuch und Goldhuhn
Bernhard Schmidt: *Griechische Märchen, Sagen und Volkslieder*, Leipzig 1877

Die drei goldenen Haare des Großväterchens Allwisser
Fr. Kárník: *Pohádky Karla Jaromíra Erbena*, Prag 1941. Aus dem Tschechischen übersetzt von Artur Bednar. Bearbeitet von Barbara Stamer

Der Prinz und die drei Feen
Martin Löpelmann: *Aus der Volksdichtung der macedonischen Rumänen,* Leipzig, o. J.

Der Fluch der Patin
Adeline Rittershaus: *Die Neuisländischen Volksmärchen,* Halle 1902

So lieb wie das Leben
Karl Friedrich Baltus: *Märchen aus Ostpreußen,* Kattowitz 1907

Die Geschichte von Caterina und ihrem Schicksal
Laura Gonzenbach: *Sicilianische Märchen. Aus dem Volksmund gesammelt,* Leipzig 1870

Der blaue Palmbaum
J. G. Herder/J. A. Liebeskind: *Palmblätter. Erlesene morgenländische Erzählungen,* Donauwörth o. J.

Weissagung und Glück

Die Geschichte des dritten Bettelmönches
Die Erzählungen aus den Tausendundein Nächten, übertragen von Enno Littmann, Band I, Wiesbaden 1953, gekürzt von Barbara Stamer

Vom Schicksal des tapferen Königssohnes
Laura Gonzenbach: *Sicilianische Märchen. Aus dem Volksmund gesammelt,* Leipzig 1870

Die Rätselwette
Bernhard Schmidt: *Griechische Märchen, Sagen und Volkslieder,* Leipzig 1877

Der Fisch und der Ring
Joseph Jacobs: *English Fairy Tales,* o. O. 1898. Aus dem Englischen übersetzt von Barbara Stamer

Der halbe Mann und der Gott des Schicksals
Ceylonesisches Märchen, neu erzählt von Sigrid Früh

Das schlafende Schicksal
Aus: *Märchen aus aller Welt,* ausgewählt und bearbeitet von Willi Fehse, Göttingen o. J.

Das Schloß des Todes
Johann-Wilhelm Wolf: *Deutsche Hausmärchen,* Göttingen und Leipzig 1851

Schicksalszeichen

Glückes Glück
Elisabet Slarek: *Ungarische Volksmärchen,* Leipzig 1901

Die drei goldenen Köpfe im Brunnen
Joseph Jacobs: *English Fairy Tales,* o. O. 1898. Aus dem Englischen übersetzt von Barbara Stamer

Der Traum
A. N. Afanassjew: *Russische Volksmärchen,* Wien 1910

Bossaldabs Gesicht
J. G. Herder/J. A. Liebeskind: *Palmblätter. Erlesene morgenländische Erzählungen,* Donauwörth, o. J.

Der schlafende König
Jacob und Wilhelm Grimm: *Deutsche Sagen,* Berlin 1818

Der Kaiser mit den zwei Frauen
Felix Karlinger: *Rumänische Märchen außerhalb Rumäniens,* Veröffentlichungen der Europäischen Märchengesellschaft, Band 3, Rheine 1982

Die zwei Fischersöhne
Ignaz und Josef Zingerle: *Tirols Volksdichtungen und Volksbräuche,* Erster Band: Kinder- und Hausmärchen, Innsbruck 1852

Die Lebensbäume
Karl Friedrich Baltus: *Märchen aus Ostpreußen,* Kattowitz 1907

Abbildungsverzeichnis

Die vorgenannten Abbildungen stammen aus privaten Archiven. Trotz großer Bemühungen war es dem Verlag nicht möglich, in jedem Fall die Quellen der Abbildungen beziehungsweise die Rechteinhaber ausfindig zu machen.

Sollten berechtigte und nachweisliche Ansprüche bestehen, werden sie selbstverständlich vom Verlag abgegolten.

Literaturhinweise

Bächtold-Stäubli, Hanns (Hg.): *Handwörterbuch des deutschen Aberglaubens,* Band VII, Berlin und Leipzig 1935/1936

Brednich, Rolf Wilhelm: *Volkserzählungen und Volksglaube von den Schicksalsfrauen,* (FF Communications No. 193), Helsinki 1964

Engel, Wilhelm: *Die Schicksalsidee im Altertum,* Erlangen 1926

Fromm, Erich: *Märchen, Mythen, Träume,* Stuttgart 1980

Galling, Kurt (Hg.): *Die Religion in Geschichte und Gegenwart,* Band I–VI, Tübingen 1957 ff.

Jacoby, Mario/Kast, Verena/Riedel, Ingrid: *Das Böse im Märchen,* Fellbach ^{3}1983

Laiblin, Wilhelm: *Das Urbild der Mutter.* In: Märchenforschung und Tiefenpsychologie, Darmstadt 1972

Mudrak, Edmund (Hg.): *Nordische Götter- und Heldensagen,* Reutlingen

Neumann, Erich: *Die Große Mutter,* Olten und Freiburg im Breisgau 1985

Ranke-Graves, Robert von: *Griechische Mythologie,* Hamburg 1987

Siegmund, Wolfdietrich (Hg.): *Antiker Mythos in unseren Märchen*, Veröffentlichungen der Europäischen Märchengesellschaft, Band 6, Kassel 1984

Stamer, Barbara/Zingsem, Vera: *Schlangenfrau und Chaosdrache in Märchen, Mythos und Kunst*, Stuttgart 2001